葉月奏太

癒しの湯

未亡人女将のおきづかい

実業之日本社

実業之日本社文庫

癒しの湯　未亡人女将のおきづかい　目次

第一章　露天風呂で濡れる柔肌

1

目が痛くて開ていられない。

雪がこれほど眩《まぶ》しいものとは知らなかった。バスを降りると、あたりは一面の雪で覆われており、刺すような光が目に飛びこんできた。

時刻は午後二時になるところだ。

雪は積もっているが、空は雲ひとつない青空がひろがっている。そのため、日の光が思いきり雪に反射していた。

それでも、しばらくすると目が光に慣れてくる。ここに突っ立っていても仕方がない。とにかく歩き出すが、革靴が滑ってバランスを崩しそうになる。せめてスニーカーだったら、もう少し歩きやすかったかもしれない。スーツなど着てこなければよかったと後悔の念が湧きあがる。

それだけではなく、キャリーバッグのキャスターが、雪の上ではうまく転がってくれない。仕方なくサイドハンドルを握って持ちあげると、雪の積もった歩道を慎重に進んでいく。

「うわっ……」

その直後、月島三郎《つきしまさぶろう》は足を滑らせて尻餅をついてしまう。

瞬く間に雪が染《し》みて、スラックスだけではなくボクサーブリーフの尻までぐっしょり濡《ぬ》れる。慌てて立ちあがり、雪を払ってため息を漏らした。

(最悪だ。どうして、俺がこんな目に……)

三郎は思わず心のなかでつぶやいた。

小樽築港《おたるちっこう》駅からバスではなくタクシーに乗れば、雪道を歩かずにすんだ。しかし、父親の命令で現金は最低限しか持つことができず、クレジットカードは取りあげられており、電子マネーを使うことも禁止されている。そのためバスに乗る以外に選択肢はなく、こんな状況に陥っているのだ。

まさか二十九歳にもなって、ここまで制限されるとは思いもしない。当然ながら反発を覚えたが、父親には逆らえなかった。

三郎はリゾートホテルで有名な月島グループの創業者で現社長、月島豪太郎《ごうたろう》の三男坊だ。本社がある伊豆《いず》で生まれ育ち、東京の大学に進学して、卒業後に帰郷した。

そして、現在は伊豆にあるホテル月島で働いており、チーフマネージャーを務めている。月島グループの場合、チーフマネージャーとは副支配人のひとつ下の役職だ。とはいっても、三郎の仕事ぶりが評価された結果ではない。豪太郎の三男坊だからにすぎなかった。

月島グループは長男が継ぐのが既定路線だが、豪太郎は将来的にグループ傘下のホテルをいくつか三郎にも任せるつもりでいるようだ。

しかし、三郎はお坊ちゃん育ちのせいか、どこか呑気《のんき》なところがある。向上心がなくてミスも多いのだが、本人はまったく気にしていない。そんな頼りない三郎を見かねて、チーフマネージャーという立場にもかかわらず、今回、豪太郎が研修を命じたのだ。

三郎にとって父親は恐ろしい存在だ。

とにかく厳しいので、三郎は一度も逆らったことがない。幼いころに兄たちが口答えして拳骨《げんこつ》を落とされるのを見ていたため、父親に反抗してはいけないと刷りこまれた。

父親に従うのは当然のことで、反抗どころか、意見すらしたことがない。それくらい絶対的な存在だった。

期間は十二月頭から末までの一か月、豪太郎の知り合いの温泉旅館で働くことになった。場所は北海道小樽市の朝里川《あさりがわ》温泉だ。

今朝、伊豆の実家を出発して、羽田《はねだ》空港から飛行機に乗り、さらに電車とバスを乗り継いでやってきた。六時間ほどの長旅だ。移動するだけで、すっかり疲れてしまった。

しかも、雪が積もっており、震えあがるほど寒い。気温が低いことは予想していたが、思っていた以上に寒かった。

(こんなところに一か月もいるのか……)

考えるだけで、うんざりしてしまう。

研修ならグループ傘下のホテルでも可能なはずだ。現に新入社員の研修は、自社のリゾートホテルで行っている。それなのに、どうして北海道の田舎まで来る必要があるのだろうか。

豪太郎は多くを語らないので、今ひとつ考えていることがわからない。

以前、母親から豪太郎は若いときに厳しい修業を積んで、ホテルの経営者になったと聞いたことがある。そして、寝る間も惜しんで働き、月島グループを業界屈指のリゾート企業へ成長させたという。

おそらく、三郎にも同じ経験を積ませるつもりなのではないか。豪太郎は修業時代、金がなくて苦労したらしい。だから、三郎にもあえて厳しい環境を用意したのだろう。

（本当にこっちで合ってるのか？）

道を間違っているのではないかと不安になる。

道路沿いの建物がどんどん少なくなり、交通量も減っていた。こんな寂れた場所に旅館があるのだろうか。しかし、一本道なので間違いようがない。とにかく雪の積もった道を歩いていく。

緩やかな登りになり、足もとがますます危うくなる。何度も滑りそうになりながら、なんとか坂道を登りつづける。

すると突然、目の前に大きな門が現れた。

瓦屋根の立派な門で、扉は開け放たれている。上部に「温泉旅館あまみや」と書かれた木製の看板がかかっていた。

（ここか……）

三郎は立ちどまって看板を見あげる。

思っていた以上に雰囲気のある旅館だ。バス停から十五分以上は歩いたのではないか。周囲にはなにもない。おそらく、都会の喧噪《けんそう》を離れて静かに過ごせる宿なのだろう。

同じ宿泊施設でも、月島グループの華やかなリゾートホテルとはまったく異なるタイプだ。豪太郎がこういう場所での研修を指示するとは意外だった。

（もしかしたら、すごく厳しいんじゃ……）

ある程度は覚悟していたが、想像以上かもしれない。

歴史のありそうな旅館なので、従業員の教育も徹底しているだろう。豪太郎は百獣の王ライオンが我が子を谷底に突き落とすように、甘ったれの三郎に過酷な研修を課して、性根をたたき直すつもりなのではないか。

（俺、大丈夫かな……）

三郎は胸のうちで自虐的につぶやいた。

自分で自分が信用できない。一か月も耐えられるのだろうか。まだ、なにもはじまっていないのに逃げ出したくなっている。いっそのこと、このまま引き返そうかと思うほどだ。

だが、そんなことをすれば、父親の逆鱗《げきりん》に触れるのは間違いない。仕事を辞める気はないので、ここはなんとか踏ん張るしかなかった。

（行くか……）

気は乗らないが、門を潜《くぐ》って敷地内に足を踏み入れる。

広大な庭園がひろがっており、木々の枝に雪が積もった景色は美しい。春になれば、色とりどりの花々が目を楽しませてくれることだろう。

しかし、今は景色を愛《め》でる余裕などない。本館までの距離が遠いことのほうが問題だ。積雪のせいでキャリーバッグを転がすことができず、手に持って歩かなければならない。もともとひ弱なので、腕が筋肉痛になりそうだ。

（タクシー代さえあれば……）

心のなかで文句を言いながらも、なんとか本館の前にたどり着く。

漆喰《しっくい》の白壁に重厚感のある瓦屋根、歴史を感じさせる外観に圧倒される。いかにも老舗《しにせ》旅館という感じがして、客には喜ばれるに違いない。しかし、研修で訪れた三郎にとっては、プレッシャーでしかなかった。

乱れた呼吸を整えるため、キャリーバッグを地面におろす。気温は低いが、額には汗がじっとり滲《にじ》んでいた。このままでは印象が悪い。ハンカチを取り出そうとして、ジャケットのポケットに手を入れる。

「いらっしゃいませ」

そのとき、ふいに涼やかな声が聞こえた。

はっとして顔をあげると、目の前にひとりの女性が立っていた。年は三十代なかばといったところか。黒髪をきっちり結いあげており、浅緑《あさみどり》の地に南天《なんてん》が描かれた袷《あわせ》の着物に身を包んでいる。

(えっ……)

ひと目見た瞬間、三郎は思わず言葉を失っていた。

まるで後光が差しているように光り輝いている。雪の眩《まばゆ》さなど比較にならないほど、彼女の全身から強烈な光が放たれていた。

「あら、すごい汗ですね」

女性の整った顔には微笑が浮かんでいる。

鼻すじがスッと通っており、顎のラインも美しい。なにより澄んだ瞳に惹《ひ》きつけられる。落ち着いた雰囲気の淑《しと》やかな女性だ。ホテル月島にもきれいな人はいるが、彼女のような和風美女はいなかった。

「バス停から歩いていらっしゃったのですか？」

「は、はい……」

三郎は見惚《みと》れたまま、なんとか返事をする。しかし、夢を見ているようにぼんやりしており、頭がまわっていなかった。

「女将《おかみ》の天宮《あまみや》と申します」

女性は頭を深々とさげて丁重に挨拶する。身体《からだ》の前で重ねた両手の指先まで優雅に感じられた。

（この人が、女将さん……）

認識した直後にはっと我に返る。そして、事前に豪太郎から聞かされていた情報を思い出した。

この旅館の女将の名前は天宮涼子《りょうこ》だ。彼女の夫の家系が代々旅館を経営しており、豪太郎もかつてここで修業を積んだという。その関係で今回の研修が決まったのだ。

――涼子さんは三十六歳の若さで女将を務めてるんだ。

——おまえも少しは見習ったらどうだ。

——旅館の修業は厳しいぞ。

豪太郎にかけられた言葉を覚えている。

さんざん脅されたので、見るからに気の強そうな女将が待ち構えていると思っていた。ところが、目の前に立っているのは、これまで出会ったことのない上品を画に描いたような女性だ。

「本日は当旅館をご利用いただき、誠に——」

「い、いいえ、違うんです」

三郎は慌てて涼子の声を遮った。

完全に三郎を宿泊客だと勘違いしている。涼子が自己紹介したとき、すぐにこちらも名乗るべきだった。涼子は一見やさしそうだが、老舗旅館の女将なので従業員には厳しいのではないか。

(これはまずいぞ……)

研修員を受け入れるのは旅館の負担になるので、第一印象は肝心だ。出だしの失敗は、あとあとまで尾を引くことになってしまう。

「ご、ご挨拶が遅れました。今日から研修でお世話になる月島三郎です。よろしくお願いします」

とにかく挨拶をして頭をさげる。

全身の毛穴から汗がどっと噴き出した。涼子の顔を見ることができず、頭をさげた状態で動けなくなる。まだはじまってもいないのに、これからの一か月を思うと、どんどん気が重くなっていく。

「ごめんなさい」

ふいに穏やかな声が鼓膜を振動させた。

恐るおそる顔をあげると、涼子は頰を桜色に染めている。目が合うと恥ずかしげな微笑を浮かべて、肩を小さくすくめた。

「三郎さんですね。お話はうかがっております」

涼やかな声が耳に心地いい。こんな状況だというのに、三郎は胸の高鳴りを覚えていた。

「わたしの勘違いでした。てっきりお客さまだと思って……ごめんなさい」

「い、いいえ、俺が……いや、わたしがすぐに名乗らなかったから……す、すみませんでした」

三郎も再び頭をさげる。

緊張状態はつづいているが、想像していたのとはだいぶ違う。旅館の女将というのは厳しいものだと思いこんでいた。

「うちも人手不足なので助かります。一か月、よろしくお願いしますね」

涼子はあらためて挨拶をする。

三郎が客ではないとわかっても、態度を変えることはない。むしろ、歓迎するような雰囲気になり、三郎はますますとまどってしまう。

「こ、こちらこそ、よろしくお願いします」

三郎も腰を折って頭をさげる。

老舗旅館の女将なのに、これほど腰が低いとは驚きだ。いや、老舗旅館の女将だからこそ腰が低いのかもしれない。いずれにせよ、涼子が快く受け入れてくれたことにほっとすると同時に感激していた。

(いい人だな……)

心のなかでつぶやき、またしても見惚れてしまう。

美しいのは見た目だけではない。心まで洗練された素敵な女性だ。ますます惹かれている自分に気づき、慌てて視線をそらした。

(女将さんだぞ。相手にされるわけないだろ)

心のなかで自虐的につぶやく。

大学時代は恋人がいたが、卒業して遠距離恋愛になり、わずか半年ほどで破局した。それ以来、恋人はできないままだ。

仕事にやりがいを感じているわけでもなく、かといって没頭できる趣味があるわけでもない。なんとなく生きているだけの中途半端な男だ。誰も興味を持ってくれないことは、自分がいちばんよくわかっていた。

2

「とにかく、なかにどうぞ」

涼子にうながされて、正面玄関から旅館に入る。

磨きあげられた板張りの廊下が奥まで伸びており、塵《ちり》ひとつ落ちていない。フロントのカウンターは一枚板の自然木《しぜんぼく》で、太い柱も目を引いた。建物自体は古いが清潔感が溢《あふ》れている。日々の清掃作業が完璧なのだろう。従業員の仕事に対する意識の高さが感じられた。

「月島グループさんのホテルとは違って、古めかしいでしょう」

涼子はそう言って目を伏せる。

どうやら、古いことを恥じているらしい。しかし、三郎は古さのなかに確かな歴史の重みを感じていた。

「雰囲気があって素敵です」

思ったことを正直に伝える。

リゾートホテルにはない重厚感と凜《りん》とした空気だ。それでいながら、ゆったりできる懐かしさも漂っている。日本家屋が持つ安らぎが、リラックス効果を生み出しているのかもしれない。

「そう言っていただけると、うれしいです。館内をご案内しますね」

涼子に連れられて本館のなかを歩く。

一階には宴会場がある。夕飯は部屋食だが、朝食は宴会場で摂《と》るという。宴会場の隣には厨房《ちゅうぼう》があり、さらに廊下を進むと天然温泉の大浴場がある。男湯女湯それぞれに露天風呂があり、大浴場の奥から出られるようになっている。

「この先が従業員の宿舎になっているの」

涼子が廊下の先にあるドアを開いた。

渡り廊下が伸びており、従業員宿舎につながっている。三郎もそこで寝泊まりすることになっていた。

「ここが三郎さんのお部屋です」

従業員宿舎に到着すると、たくさん並んでいるドアのひとつを涼子が開けてくれる。

「ここですか。失礼します」

とりあえず部屋に入り、キャリーバッグを置いた。

間取りは六畳一間で、ベッドとカラーボックス、ローテーブルと小型テレビに冷蔵庫もある。風呂は大浴場を使って、食事は本館の大広間で摂るという。洗濯機は別の場所に共用のものが用意されていた。

「狭くてごめんなさい。みんな、これで我慢してもらっているの。大きな部屋にしてあげたいのだけれど、なかなか改装もできなくて……」

「いえいえ、充分です」

確かに少し狭い気もするが、ずっとここに住むわけではない。一か月だけの辛抱だ。

「とりあえず、着がえてもらえますか。三郎さんは仲居として働いてもらうことになります。仲居といえば昔は女性ばかりでしたけど、今は男性も増えているんですよ」

涼子はそう言って、ベッドの上に置いてある臙脂《えんじ》色の作務衣《さむえ》を差し出した。

これが仲居の制服だという。涼子が廊下に出ている間に急いで着がえる。作務衣を身につけると、いよいよ旅館で働くという実感が湧いてきた。

(仲居って、大変そうだよな……)

考えれば考えるほど、気持ちが暗くなっていく。

できることなら、このまま伊豆に帰りたい。だが、そんなことをすれば、父親の逆鱗に触れてしまう。ただでさえ、仕事ができなくて呆《あき》れられているのに、研修からも逃げ出したとなればどうなるのか。

——これが最後のチャンスだと思えよ。

家を出るとき、豪太郎はそう言った。

豪太郎は父親だが、厳しい経営者でもある。最悪の場合、月島グループから追い出される可能性もあった。

心を決めるのに時間がかかったが、廊下に出ると涼子が穏やかな表情で待っていた。

「お待たせしてすみません。着方がよくわからなくて……」

本当は逃げ出したくて葛藤していたのに、下手な言いわけしている自分が恥ずかしくなった。

「お似合いですよ」

涼子は微笑を浮かべて、やさしげに声をかけてくれる。

しかし、着慣れていないため、作務衣がしっくりこない。そんな三郎とは対照的に、涼子と着物は完全になじんでいる。背すじをスッと伸ばして立つ姿は、惚《ほ》れ惚《ぼ》れするほど美しかった。

「次は客室フロアに行きましょう」

涼子に連れられて本館に戻る。

客室フロアは二階だ。ロビーのエレベーターであがると、二階の廊下には上品な緋色《ひいろ》の絨毯《じゅうたん》が敷かれていた。

「客室フロアは、足音が響かないように配慮しています」

「なるほど……」

三郎は感心しながら涼子のあとをついていく。そして、空いている客室に案内されて、足を踏み入れた。

四名まで宿泊可能なスタンダードタイプの和室だ。

まずは洗面所をのぞいてみる。月島グループのホテルでも、洗面所のアメニティグッズの置き方にはマニュアルがあるが、こちらの旅館も徹底しているのがひと目でわかる。シャンプーやリンス、ローションなどの小瓶が、寸分の狂いもなく配置されていた。

居室は畳の香りがほのかに漂っており、落ち着く空間となっている。当然ながら、埃《ほこり》などはいっさいない。大きくてどっしりした座卓があり、ふっくらした座布団が置いてある。

「すべての客室の窓が庭に面した造りになっています。春から夏にかけては緑と花々を、秋は紅葉、冬は雪景色を楽しめるようになっているんです」

「すごい……」

三郎は窓の前に立ち、思わず唸《うな》った。

窓の下にひろがる木々が見事な雪化粧を施している。まるで粉砂糖を振りかけたように枝の先端まで雪が積もり、まっ白に染まっていた。それが見わたす限りつづいているのだ。

月島グループは東北地方のスキー場でもホテルを経営しているが、三郎が訪れたことはない。しかも、生まれ故郷の伊豆は雪がほとんど降らないため、これほど見事な景色を実際に見るのははじめてだった。

「いかがですか？」

涼子の声ではっと我に返る。

三郎は雪景色から視線を離して、隣に立っている涼子の顔を見つめた。窓から射《さ》しこむ日の光に照らされた横顔は、ますます輝きを増している。

「きれいです」

ほとんど無意識のうちにつぶやいた。

「この景色がうちの自慢なんです」

涼子が嬉《うれ》しそうに目を細める。

しかし、すでに景色のことは頭から吹き飛んでいた。今、三郎の目に映っているのは涼子の美しい顔だけだ。

「あの……三郎さん？」

名前を呼ばれてはっとする。つい涼子の顔に見惚れていた。

「す、すみません、えっと……」

急に羞恥がこみあげて、しどろもどろになってしまう。瞬間的に耳まで熱くなり、赤面していることを自覚する。

「女将さん？」

そのとき、ふいに女性の声が聞こえた。

「あら、麻里ちゃん」

涼子が入口を見やり、にっこり微笑む。三郎も釣られて視線を向けると、そこには臙脂色の作務衣を着た女性が立っていた。

「ちょうどよかったわ。今、時間ある？」

「はい。廊下の掃除をしようとしていたところです。ドアが開いていたから、どうしたのかなと思って」

涼子が語りかけると、はきはきとした声が返ってくる。

軽やかな足取りで部屋に入ってきたのは、愛らしい顔立ちの女性だ。作務衣の肩先を撫でる黒髪が艶々と輝いていた。

「彼女は仲居の——」

涼子が紹介してくれる。

仲居の岩井麻里。二十四歳と若いが、仕事は丁寧で完璧だという。涼子が信頼している仲居のひとりらしい。

「麻里ちゃんが三郎さんの指導を担当することになっています。わからないことがあったら、なんでも麻里ちゃんに聞いてくださいね」

「はい。よろしくお願いします」

三郎が緊張ぎみに挨拶すると、麻里は明るい笑みを浮かべた。

「こちらこそ、よろしくお願いします」

そう言って、三郎の顔をまじまじとのぞきこむ。小首を傾《かし》げて見つめる表情が愛らしい。

「あ、あの……」

「どうして、赤くなってるんですか？」

とまどっていると、麻里はからかうようにつぶやいた。

三郎は涼子の美貌に見惚れて赤くなっていたのだが、そのことに気づいているのかもしれない。

「べ、別に、普通ですけど……」

とっさにごまかそうとするが、顔がさらに熱くなってしまう。きっと、ますます赤くなっているに違いない。麻里がいたずらっぽくクスクス笑い、たまらず羞恥がこみあげた。

「ふうん、あなたがあの月島グループのお坊ちゃんですか……なんか、想像していたのと違いますね」

「そ、そうですか？」

「うん。もっとビシッとした人が来ると思っていました。だって、チーフマネージャーなんですよね？」

麻里はさらりと失礼なことを口にする。

どうやら、思ったことをそのまま口に出すタイプらしい。三郎はどう答えればいいのかわからず苦笑を漏らした。

「ちょ、ちょっと、麻里ちゃん」

慌てたのは涼子だ。小声で窘《たしな》めると、麻里は肩をすくめてピンク色の舌先をチロッとのぞかせた。

「ごめんなさい。なんか、よけいなこと言っちゃったみたい」

口では謝罪するが、まったく悪びれた様子がない。しかし、麻里のそんな態度を見ても、まったく腹が立たないから不思議なものだ。おそらく、天真爛漫《てんしんらんまん》なところが彼女の魅力なのだろう。

「慣れてるから大丈夫です。性格がのんびりしてるんです。子供のころは、よく父から昼行灯《ひるあんどん》って言われてました」

三郎がそう言うと、麻里は楽しげに笑った。

「ふふっ……なんかいい人ですね」

「そうね。でも、失礼のないようにね」

涼子が困ったような笑みを浮かべて注意する。

「はい、しっかり教育します」

「そうじゃなくて、三郎さんのほうが年上なのよ」

そう言われて、ようやく気づいたらしい。麻里はまたしても肩をすくめると照れ笑いを浮かべた。

「へへっ……すみませんでした」

「いえいえ、敬語なんて使わないでください。俺は教えていただく立場なんですから」

三郎は客ではない。研修を受けに来ているのだから、気を遣われると困ってしまう。普通に接してもらうほうが気楽だ。

「そうですよ。ここではチーフマネージャーではなくて、仲居見習いですから、ビシビシいきますよ」

「ちょ、ちょっと、麻里ちゃん」

涼子が困惑して声をかけるが、麻里は腰に手を当てて仁王立ちしている。

「甘い顔をしたら、研修に来た意味がなくなりますから」

「それは、そうだけど……」

「女将さん、ここからはわたしにまかせてください」

仲居としてのプライドがあるのだろう。麻里はまったく譲ろうとしない。それを見て、涼子はいったん引きさがった。

「じゃあ、月島さん……サブさんって呼んでいいですか」

一転して麻里がなれなれしく呼びかける。

三男坊とはいえ、三郎はあの月島グループの社長、月島豪太郎の血を引いている。これまで初対面の人に「サブさん」などと気軽に呼ばれたことはない。それだけに、麻里の飾らない性格は新鮮だった。

「月島さんだと、お客さまみたいじゃないですか。今日からは、仲居として働くんですから、違う呼び方がいいと思います」

「いいですね。サブさんでお願いします」

三郎は大いに納得して頷《うなず》いた。

「わたしのことは麻里って呼んでくださいね。あらたまって呼ばれると、仕事がしづらいから」

そう言われても、出会ったばかりの女性を呼び捨てにするのは気が引ける。三郎は迷ったすえに口を開いた。

「麻里さん……でも、いいですか？」

「うーん、まあ、いいですよ」

麻里は偉そうに腕組みをすると、鷹揚《おうよう》に頷いてみせる。そんなポーズも愛らしくて、なぜか許せてしまう。

「もう、麻里ちゃん……ごめんなさい。気を悪くしないでくださいね。ふだんはこんな感じですけど、お客さまの前ではしっかりしているんです」

涼子が困惑の表情を浮かべて謝罪する。

先ほどは麻里の仕事を褒めていた。どうやら、仕事はできるが、自由奔放なところがあるらしい。

「今日はどうするんですか？」

麻里が涼子に尋ねる。そして、三郎のことをチラリと見やった。

「あとは麻里ちゃんにお願いしようかしら」

「はいっ、わかりました」

元気に返事をすると、麻里は三郎に向き直る。

「じゃあ、サブさん。廊下の掃除をしますよ」

「は、はいっ」

さっそく研修がはじまるらしい。三郎は慌てて背すじ伸ばすと、麻里にならって大きな声で返事をした。

「では、三郎さん、麻里ちゃんの指示に従ってくださいね」

涼子がにこやかに語りかけてくる。見つめられただけで、身も心も癒される気がした。

「了解です」

三郎にしてはめずらしく気合が入っている。

今朝、実家を出発するときはいやでたまらなかったが、心境に劇的な変化が起きていた。

（なんか、楽しくなってきたな……）

気を抜くと頬の筋肉が緩んでしまう。

涼子と麻里。美しい女将とかわいい仲居といっしょに働けると思うと、気持ちがずいぶん軽くなった。

（少しがんばってみるか）

どうせなら、ふたりにいいところを見せたい。

だからといって、なにかを期待しているわけではないが、たまには格好つけようという気になるほど浮かれていた。

3

客室フロアの廊下は絨毯が敷いてあるので、全体に掃除機をかける。まずは麻里が見本を見せてくれた。

「こうして隅までしっかりやってくださいね。自分ではちゃんとやっているつもりでも、結構、埃とか髪の毛とかが残ってるんだよね」

そう言いながら、麻里は廊下の隅を集中的に掃除する。やっているうちに夢中になり、なかなか掃除機を放そうとしない。いつの間にか黙りこみ、廊下をどんどん進んでいく。

「あの……」

三郎はたまりかねて声をかけた。このままでは、麻里がひとりで掃除を終わらせてしまいそうだ。

「あっ、ごめんなさい。集中しちゃってた」

麻里はそう言って恥ずかしげに肩をすくめる。

どうやら、没頭しやすいタイプらしい。この集中力で仕事をするから、涼子が信頼しているのだろう。

「じゃあ、交代ね。壁ぎわの隅をしっかりやってくださいね」

「はい、わかりました」

掃除機を渡されて、三郎は廊下の清掃をはじめる。

こんな作業をするのはひさしぶりだ。本来の職場であるホテル月島では、三郎は特別扱いで、若手が当たり前にやる仕事をほとんど経験していない。社長の息子なので、まわりが気を遣ってやらせないのだ。

豪太郎が厳しく育てようとしても、なかなかそうはならないのが現実だ。三郎にはふたりの兄がいるが、彼らはまじめで積極的なので、自ら志願して仕事をどんどん覚えていった。

しかし、三郎は呑気な性格だ。ろくに仕事をしないまま、なんとなく過ごしてきた。それなのに、いつの間にかチーフマネージャーになっていた。楽をして昇進したので、こうして年下の麻里に指示されて掃除をするのは、新鮮な感じがして悪くなかった。

麻里は雑巾を持ってくると、廊下の窓を拭きはじめる。チラリと見やれば、真剣な顔で曇りをチェックしながら磨いていた。

「そこまでやらないとダメなんですか？」

ふと疑問に思って声をかける。

仕事が丁寧なのはいいと思うが、徹底的にやると時間がかかってしまう。掃除するのは当然としても、どこかで妥協するべきではないか。効率を考えると、こだわりすぎるのはよくない気がする。

「お客さまが気持ちよく過ごせるようにするのが、わたしたちの仕事でしょ。わたしたちが楽をしたら、それがお客さまに伝わるんです」

麻里の言葉には力がこもっていた。

三郎の仕事に対する意識の低さに苛立《いらだ》っているのかもしれない。それだけ自分の仕事に誇りを持っている証拠だろう。

「廊下の窓の曇りなんて小さなことかもしれないけど、いつの間にか快適さが少しずつ削られていっちゃうんだよ。旅館の印象って、そういうことの積み重ねじゃないですか」

「なるほど……」

三郎は思わず唸った。

確かに麻里の言うとおりだ。ホテルに泊まったとき、ちょっとした埃があっても一か所だけなら忘れるかもしれない。しかし、それが何か所もあれば、汚かったという印象が記憶に刻まれる。

（俺は、今までなにを……）

自分の無知さに愕然《がくぜん》としてしまう。

兄たちのように、若いときからまじめに仕事をしていれば、とうの昔にわかっていたことだ。今ごろになって、ようやくそのことに気がついた。

「そんなこともわからないから、親父《おやじ》は俺を研修に出したんですね」

肩を落としてぽつりとつぶやく。

なんとなく働いているだけで、お客さまがどう感じるかなど、真剣に考えたことはなかった。

――ホテルマンとしての矜持《きょうじ》はないのか。

それが父親の口癖だ。

正直なところ、うるさいとしか感じなかった。ホテルマンとして生きていく覚悟など、いっさいなかった。

「偉そうに言ったけど、女将さんの受け売りなんです」

麻里が軽い口調で話しはじめる。

場の空気が重くなったのを察して、意識的に明るく振る舞っているのかもしれない。

「わたし、とくにやりたいこともなくて、たまたまここに就職したんです。こんなこと言ったら叱られちゃいますけど、やりたいことが見つかるまでの腰かけっていうか……だから、旅館のこととか、なんにもわかってなかったんです」

麻里は高校を卒業して、この旅館に就職したという。

最初はそれほどまじめに仕事をしていたわけではない。しかし、涼子が一所懸命に働く姿を見て、影響を受けたという。

「女将さんって、すごくまじめで働き者なの。でも、人にはやさしくて、わたしも一から仕事を教えてもらったんです。そんな女将さんを見ていたから、ここでがんばろうっていう気持ちになれたの」

「女将さんは面倒見がいいんですね」

ますます涼子のことが気になった。従業員から愛されているのだから、見た目だけではなく性格もいいのだろう。

「女将さんがいなかったら、とっくに辞めていたと思います」

涼子のことを語る麻里の瞳はキラキラ輝いている。好きな気持ちが伝わってきて微笑ましい。

「ねえ、知ってますか。女将さんは、もともとここの仲居だったんですよ」

麻里がうれしそうに話しはじめる。

もともと涼子は仲居として、この温泉旅館あまみやで働いていたという。そして、社長の息子に見初められて天宮家に嫁入りした。

それは将来、女将の重責を担うことを意味している。

旅館の社長の息子と結婚すると、あとが大変だ。ただの玉の輿《こし》とは異なり、女将になるための修業を積まなければならない。涼子は努力に努力を重ねて、ようやく若女将として認められるようになったという。

「苦労してるんですね」

「でもね、それだけじゃないんです」

麻里がさらに教えてくれる。

四年前、夫の両親が立てつづけに病気で亡くなってしまう。急遽《きゅうきょ》、夫が社長になり、涼子は三十二歳という若さで女将になった。

「最初は大変だったんですよ。でも、みんな女将さんのことが大好きだから、助けようとして必死にがんばったの」

麻里は当時を思い出しているのか、遠い目をして語りつづける。

歴史ある旅館の経営は簡単なことではない。これまでのクオリティを維持できなければ客は離れていく。実際、両親が亡くなったことで来なくなった常連客も多いという。

それでも、社員たちが一丸となって努力した結果、なんとか経営状態も安定してきた。新たな常連客もついて、やっていける見通しが立ってきた。

「それなのに、まさか、あんなことに……」

麻里の声が小さくなる。視線をすっと落として、悲しみをこらえるように黙りこんだ。

「なにか……あったんですか？」

三郎は遠慮がちに口を開いた。

ここまで聞いたら気になってしまう。つらいことを思い出させるようで申しわけないが、尋ねずにはいられない。

「やっぱり知らないんですね」

麻里はいったん言葉を切ると、意を決したように語りはじめる。

「半年前に社長が亡くなったんです」

社長というのは麻里の夫のことだ。

半年前、自分で運転する車がガードレールにぶつかり、単独事故で亡くなったという。どうやら、居眠り運転だったらしい。旅館の経営を軌道に乗せるまで働きづめで、疲労が蓄積していたのかもしれない。とにかく、不慮の事故で帰らぬ人となったという。

「それじゃあ、女将さんは……」

三郎は思わず言葉を呑《の》みこんだ。

やさしげな笑顔としなやかな仕草を思い出す。あれほど美しい女性に、そんな悲しい過去があったとは知らなかった。

「すごく仲よかったのに……」

麻里がぽつりとつぶやく。

夫を失ったのが半年前なら、まだ悲しみは癒えていないのではないか。それでも、涼子はおくびにも出さなかった。女将としての責任感が、彼女を突き動かしているのかもしれない。

「そんなことが……」

「わたし、女将さんの力になりたい……いっぱいお世話になったから、恩返しがしたいんです」

麻里の口調は穏やかだが、強い決意が感じられた。

涼子を支えたいという気持ちが伝わり、三郎もそんな彼女たちを応援したいと心から思った。

4

客室フロアの廊下掃除を終えて、三郎と麻里は一階におりていく。

フロントの奥にある事務所に入ると、涼子がむずかしい顔でパソコンに向かっていた。接客だけではなく、事務仕事もあるのだから休む暇がない。真剣な表情でキーボードを打っていた。

事務所はそれほど広くない部屋で、スチール机が四つ寄せられており、ひとつの社員はほかの島になっている。しかし、事務仕事をしているのは涼子ひとりだ。ほかの社員は休憩中なのだろうか。とにかく、夫が亡くなったことで、彼女の負担が増えているのは間違いない。

「お疲れさま、ふたりとも少し休んでください」

涼子は笑みを浮かべて、やさしく声をかけてくれる。

先ほどまでむずかしい顔をしていたのに、ふたりに気づいたとたん、表情を和らげる。従業員の前では、いつもこうして微笑んでいるのだろう。

（すごく気を遣う人なんだな……）

三郎は感心しながら涼子を見つめていた。

わずか半年で夫を亡くした悲しみを忘れられるはずがない。きっと胸の奥にしまいこんで、懸命にがんばっているに違いなかった。

「二階の掃除が終わったので、このあと玄関の掃除をします」

麻里が元気よく報告する。

おそらく、意識して明るく振る舞っているのだろう。彼女の気遣いは、きっと涼子にも伝わっているはずだ。女将と仲居という立場だが、互いに支え合う関係なのかもしれない。

「三郎さんも座って、お茶でも飲んでください」

涼子は三郎にも気を遣って、柔らかい笑みを向けてくれる。その直後、正面玄関のほうから引き戸の開く音が聞こえた。

「お客さんかな」

すぐに麻里が反応して、事務所から飛び出していく。三郎もあとを追うと、正面玄関にグレーのスーツを着た恰幅《かっぷく》のいい男が立っていた。

「よう、しばらくだったな」

男は麻里を見ると、軽く右手をあげて挨拶する。

どうやら、顔見知りらしい。おそらく常連客だと思われるが、男が持っているのはセカンドバッグだけだ。宿泊するには荷物が少ない。この宿は老舗旅館だが、日帰り入浴もやっているのだろうか。

（なんか、いやな感じだな……）

三郎は思わず心のなかでつぶやいた。

ぱっと見たところ、男は五十歳前後だろうか。髪をポマードでオールバックに固めており、肌は日に焼けて浅黒い。眉間に深い縦皺《たてじわ》が刻まれているため、黙っていても不機嫌そうだ。

「部屋、空いてるか？」

男は野太い声で尋ねると、答えを待たずに革靴を脱ぎはじめる。

なにやら横柄な態度が鼻につく。ホテルでもよくあるが、常連客のなかには我が物顔で振る舞う者がいる。それでも客であることに変わりはないので、いやな顔はできない。

「ご予約は入っていませんけど」

麻里が硬い声で答える。

なぜか無表情でにこりともせず、まるで拒絶するようにフロントの前に立っている。予約で満室だとしても、客に対する態度ではない。ふだんは笑顔を絶やさないのに、いったいどうしたのだろうか。

「相変わらず愛想がないな」

男は吐き捨てるように言うと、三郎に視線を向けた。

「新入りか？」

「は、はいっ、今日から研修でお世話になっている――」

ふいに声をかけられて、三郎は慌てて背すじを伸ばして自己紹介する。ところが、男はつまらなそうに鼻をフンッと鳴らすだけで視線をそらした。

「おい、女将はいないのか」

再び麻里に話しかける。すでに三郎のことは眼中にないらしい。麻里にグッと迫り、威圧的な目で見おろした。

「女将さんはいません」

麻里が即座に答える。

なぜ嘘《うそ》をついたのだろうか。たった今、涼子は事務所でパソコンに向かっていた。この男に会わせたくない理由があるに違いない。

（客じゃないのか？）

三郎は内心すくみあがる。

なにかいやな予感がしてきた。最初から思ってはいたが、見れば見るほど柄の悪そうな男だ。麻里の態度もおかしいので、客だとしても訳ありなのは間違いないだろう。

（クレーマーかもしれないな……）

悪い想像ばかりがふくらんでいく。

いずれにせよ、三郎の最も苦手とするタイプだ。暴力のにおいがプンプン漂っており、逃げ出したい気持ちになってしまう。

「いい加減なことを言うな。女将がいないはずないだろう」

男が野太い声で凄《すご》む。

しかし、麻里は怯《ひる》むことなく、男をにらみ返す。そして、通せんぼをするように、フロントの前に立ちはだかった。

「いないものはいないんです。部屋も空いてません。お帰りください」

「なんだとっ」

男の声が大きくなる。怒りを露《あらわ》にして、今にも殴りかからん勢いだ。

(や、やばい……やばいぞ)

どうすればいいのかわからず、ひとりであたふたしてしまう。

これ以上、煽《あお》るのは危険だ。しかし、麻里は一歩も引こうとしないどころか、胸を突き出すようにしてにらんでいる。

「いらっしゃいませ」

そのとき、涼子の声がロビーに響いた。

はっとして見やると、涼子がこちらに歩み寄ってくる。空気は緊迫したままだが、男の表情がわずかに緩んだ。

「いるじゃねえか。女将、ひさしぶりだな」

「一週間前にも、お見えになったではありませんか」

涼子は微笑を浮かべているが、頰がわずかにこわばっている。なにか様子がおかしい。どういう経緯があるのか知らないが、客なので仕方なくおもてなしをしているのではないか。麻里ほどあからさまではないが、涼子も歓迎しているようには見えなかった。

「俺が来るのが待ち遠しかったか？」

「それは……」

涼子が視線をすっとそらして言いよどむ。そんなふたりのやりとりを、麻里が苛立った感じで見つめていた。

「部屋でゆっくり話そうか。ひと部屋くらい、空いてるだろ」

男が迫ると、涼子は小さく頷いて睫毛《まつげ》を伏せる。

先ほど麻里は断ったが、どうやら空きはあるらしい。嘘をついてまで追い返したかったということだろうか。麻里は口出しこそしないが、悔しげに下唇を嚙《か》みしめて、両手は強く拳を握っていた。

「すぐにご用意します」

涼子は小声でつぶやき、フロントに入る。そして、宿帳をカウンターの上に置くと、男にペンを差し出した。

「ご記帳、お願いできますか」

「こんなもん、わざわざ書かなくてもわかってるだろうが」

「お客さまには書いていただく決まりですから」

涼子はあくまでも下手に出て、穏やかな口調でお願いする。

「女将がそう言うなら仕方ねえな。そのかわり、たっぷりサービスしてもらうからな」

いやな物言いだ。男はペンを受け取ると、宿帳にサインをする。そして、乱暴にペンを置き、涼子に向かって顎をしゃくった。

「部屋に案内してくれ」

「はい……」

涼子はフロントから出ると、男を先導して歩いていく。そのうしろ姿が、ひどく悲しげに見えたのは気のせいだろうか。

ふたりがエレベーターに乗りこむと、麻里が悔しげに地団駄を踏む。よほど腹が立っているのか、目に涙をためて奥歯を食いしばっていた。

「あの人、誰なんですか」

エレベーターの扉が閉まると、三郎はすぐさま尋ねる。

常連客のようだが、いい感じはしなかった。麻里も涼子も歓迎しておらず、拒絶しているのは明らかだった。

「不動産屋さんです」

麻里が怒りを滲ませた表情で口を開く。

男の名前は鷺谷勝雄《さぎたにかつお》。四十九歳の既婚者で、不動産屋の社長だという。父親の幸之助《こうのすけ》が立ちあげた会社を引き継ぎ、急成長させたらしい。父親は地元の発展に貢献した人物で、堅実な商売をしていたが、息子は大きな土地を転がして派手に儲《もう》けているという。

「お父さんはいい人だったみたいですが、あの人はいろいろと……地元で知らない人はいないです」

麻里は言葉を呑みこんだが、その口ぶりから、かなり嫌われているのが伝わってきた。

「いやな人でも、客として来たら断れないですよね」

三郎もホテルで働いているのでよくわかる。

どんなに嫌われている客でも、よほど大きなトラブルを起こさない限り、宿泊を断ることはできない。そういう客が来たときは、細心の注意を払って応対するしかなかった。

「玄関の掃除をしましょう」

麻里は気を取り直すように言うと、サンダルを履いて外に出ていく。

鷺谷のことには、あまり触れたくないのかもしれない。三郎はそれ以上、尋ねるのをやめて、彼女のあとを追いかけた。

「お客さまが最初に見るところだから、時間があるときは一日に何度も掃除するんです」

麻里は寒いなか、雑巾で引き戸を拭きはじめる。

今は雪が積もっているのでやらないが、春から秋にかけては暇があれば箒《ほうき》で掃いているという。その代わり、冬の間は引き戸をピカピカに磨きあげる。とにかく、客が気持ちよく過ごせるように心がけているようだ。

「俺もやります」

三郎は寒さに震えながら、麻里にならって玄関の掃除をはじめた。

5

すでに午前一時半をまわっている。

研修初日からハードだったため、すっかり疲れきっていた。

夕方は部屋食の支度を手伝い、さらに客室の布団を敷いてまわった。いずれもホテルにはない仕事なので、要領がわからず苦労した。なにより初日で緊張していたため、精神的に疲弊した。

大浴場の利用時間は深夜零時までとなっており、それから住みこみの従業員が入浴することになっている。毎日の清掃作業は従業員の交代制で、今夜は三郎が当番になっていた。そして今、大浴場の広い床を、デッキブラシでせっせと磨いているところだ。

（初日なのに、どうして俺が……）

つい愚痴が漏れてしまう。

最近、従業員が何人か辞めたため、当番がまわらずに困っていたという。涼子に頭をさげられて、気前よく軽く引き受けてしまった。

——初日で大変だと思いますけど、お願いできませんか。

涼子の声は耳の奥に残っている。あんなに申しわけなさそうな顔をされたら、断れるはずがなかった。

みんなが風呂からあがったあと、三郎はひとりで掃除に取りかかった。デッキブラシで床を磨き、風呂桶《おけ》や風呂椅子を隅にまとめて重ねておく。シャワーや蛇口もピカピカに磨かなければならない。一日の最後に、思わぬ重労働が待っていた。

そのあとで湯にゆっくり浸《つ》かった。仕事は想像していた以上に大変だが、温泉はありがたい。露天風呂もあり、ひとりで月を見あげながら疲れを癒すのは悪くなかった。

グレーのスウェットの上下を着て、脱衣所から廊下に出る。

そのまま従業員宿舎に向かおうとしたとき、ちょうど女湯に入っていく人影がチラリと見えた。

（あれ？）

ほんの一瞬だったが、今のは涼子だった気がする。

女湯の入口に歩み寄ると「ただいま清掃中です」の看板が出ていた。今夜の掃除当番は麻里のはずだ。

（もしかしたら……）

すぐにピンと来た。

働き者の涼子のことなので、麻里を手伝うつもりなのではないか。常に動いており、一度も休憩しているところを見ていない。こんなに働いていたら倒れてしまうのではないか。

（よし、俺も手伝うか）

少しでも涼子の力になれればと思う。

とはいえ、純粋な気持ちだけではない。手伝うことで点数稼ぎをして、涼子に気に入られたいという下心があった。

女湯なので躊躇《ちゅうちょ》するが、すでに客の入浴時間は終わっている。今、なかにいるのは麻里と涼子だけのはずだ。思いきって清掃中の看板の横を通り抜けると、脱衣所に足を踏み入れた。

「失礼します」

遠慮がちに声をかける。

しかし、脱衣所には誰もいなかった。涼子はすでに浴室の掃除をはじめているのかもしれない。ガラス戸ごしに洗い場に視線を向ける。しかし、そこにも人影は見たらない。

（おかしいな……）

露天風呂から掃除をしているのだろうか。

ガラス戸を開いて、浴室に足を踏み入れる。ところが、洗い場は静まり返っており、誰もいなかった。

洗い場の奥に浴槽がある。その横を通りすぎて、さらに奥のガラスドアを開けると露天風呂だ。ふたりは露天風呂の掃除をしているのだろうか。深く考えることなく、三郎はガラスドアに向かった。

「あンっ……」

ふいに女性の声が聞こえて、はっと動きをとめる。

妙に艶《なま》めかしい声だ。三郎はドアレバーをつかんだ状態で、ガラスドアごしに露天風呂を見つめた。

大きな岩をいくつも組み合わせて作られた浴槽を、月明かりがぼんやり照らしている。照明器具は小さなライトがひとつあるだけだ。あえて明るさを抑えることで、癒し効果を狙っていた。

屋根があるので、雪はほとんど積もっていない。横から吹きこむ雪が、隅にあるだけだ。今はまだ少ないが、真冬になればかなり積もるらしい。雪のなかで浸かる露天風呂もいいものだろう。

岩の一部に溝が掘ってあり、そこから湯が絶えず注がれている。湯の弾《はじ》ける音が、常に心地よく響いていた。

（あれは……）

三郎はガラスドアごしに目を凝らした。

ふたつの人影が見える。こちらに背中を向けて、岩風呂の縁に座っていた。ふたりとも足だけ湯に浸している状態だ。

見てはいけないと思いつつ、どうしても視線をそらすことができない。黒髪を結いあげて、白い背中を晒《さら》しているのは涼子だ。横顔がチラリと見えたので間違いない。

青白い月明かりが降り注ぎ、剝《む》き出しのうなじを照らしている。おくれ毛が数本、垂れかかっているのが色っぽい。腰は生々しいS字のラインを描いてくびれており、岩に密着した尻は適度に脂が乗っている。思わずため息が漏れるほどの見事なプロポーションだ。

三郎の位置から背後はまる見えだが、前はどうなっているのだろうか。身体の脇から白いタオルがわずかに出ているので、乳房と股間を覆い隠しているのかもしれない。

圧倒的な色気に目眩《めまい》を覚えるが、もうひとりのことも気になった。

涼子の隣に座っているのは麻里ではない。体が大きくて肌が浅黒く、どう見ても男だ。

(どうして……)

三郎は無意識のうちに眉根を寄せた。

ここは女湯だ。男が入っているはずがない。清掃作業も女性従業員が行う決まりだ。それなのに、どうして男がいるのだろうか。しかも、涼子と並んで座っているのだ。

見てはいけないものを見てしまった気がする。

三郎は思わずガラスドアの脇によけて身を隠した。これでふたりからこちらの姿は見えないはずだ。そして、片目だけそっと出して、ガラスドアごしに露天風呂をのぞいた。

(やっぱり、あいつだ)

鷺谷に間違いない。

堂々と女湯に入っており、涼子と並んで座っている。しかも、片手を彼女の太《ふと》腿《もも》に置いて、ねちっこく撫でまわしていた。

「いけません……」

涼子の微《かす》かな声が聞こえる。

しかし、男の手を振り払ったりはしない。弱々しい声でつぶやくだけで、本気で抗《あらが》っているようには見えなかった。

（な、なにを……どういうことなんだ？）

三郎の頭はますます混乱してしまう。

老舗旅館の女将が、どういうわけか客と露天風呂に入っている。ここは混浴ではなく女湯だ。しかも、表には掃除中の看板が出ている。いったい、なにが起きているのだろうか。

「もう、こんなことは……」

涼子が消え入りそうな声でつぶやく。

背後からでも、身を固くして視線を落としているのがわかる。この状況を歓迎しているわけではないらしい。だからといって、強く拒むわけでもない。涼子の考えていることが、まったくわからなかった。

「今さら照れるような関係じゃないだろう」

鷺谷は声をかけると、彼女のくびれた腰に手をまわす。そして、なめらかな曲線をネチネチと撫ではじめた。

「あっ……や、やめてください」

涼子はとまどいの声を漏らして、腰を右に左によじらせる。

しかし、抵抗は口先だけで、なぜか身体を離そうとしない。ポーズだけで、本気でいやがっているわけではないのだろうか。男を押し返すわけでもなく、されるがままになっていた。

月明かりがふたりの姿を照らしている。

男の手のひらが、ねばっこく蠢《うごめ》いて柔肌を撫でまわす。涼子の横顔に嫌悪の表情が浮かぶが、それでも腰を微かによじるだけだ。剝き出しの肩をすくめて、ただじっと耐えていた。

(なんで逃げないんだよ)

三郎はもどかしくなり、思わず拳を強く握った。

助けに入ったほうがいいだろうか。しかし、涼子がいやがっているのかどうかがわからない。ただでさえ助けに入るのは勇気がいるのに、涼子の気持ちがわからないと迷ってしまう。

それに鷺谷はむずかしい客らしい。詳しいことは知らないが、麻里と涼子は歓迎していなかった。それでも、追い返さなかったのは、仕事だと割りきっていたからだろう。

（クソッ、どうすればいいんだ）

三郎は身動きできず、奥歯をギリッと嚙みしめた。

ここで三郎が出ていけば、面倒なことになるのは目に見えている。客のセクハラに耐えている涼子が哀れでならない。女将はこんなことにも耐えなければならないのだろうか。

「いやがるフリなんてしなくていいんだぞ。それとも、そうやって俺を楽しませようとしているのか？」

鷺谷が耳もとでささやき、息をフーッと吹きこんだ。

「あっ、い、いやです」

涼子はまたしても身をよじる。しかし、抵抗は弱々しく、やがて顔をうつむかせて黙りこんだ。

「じゃあ、そろそろはじめるか」

低い声でつぶやくと、鷺谷は岩風呂のなかで立ちあがる。そして、涼子の正面に移動した。

こちらに体を向ける格好になり、いきり勃《た》ったペニスが視界に飛びこんだ。涼子の目にも入ったらしく、慌てて顔をそむけて立ちあがろうとする。しかし、鷺谷が肩をつかんで、岩の上に押し倒した。

「い、いやです」

涼子が小声で抗議する。

足を湯に浸して、仰向《あおむ》けになった状態だ。かろうじて白いタオル一枚で裸体を隠しているが、柔肌の大半は見えている。

「お、お願いです、ここでは……」

「いつもみたいに部屋でゆっくり楽しむのもいいが、たまには露天風呂でやるってのもオツなもんだろ」

必死の懇願も虚しく、鷺谷はタオルを強引に奪い取った。

「ああっ……」

涼子の悲痛な声とともに、双《ふた》つの乳房が露になる。仰向けになっていても張りを保っており、白い肌がこんもりふくらんでいた。

（お、女将さん……）

三郎の視線は思わず釘《くぎ》付けになってしまう。

双つの乳房は柔らかく波打ち、曲線の頂点には桜色の乳首が揺れている。淑やかな未亡人の裸体は、匂い立つような色香を放っていた。

鷺谷が両手で乳房を揉《も》みあげる。柔肌は男の指によって、いとも簡単に形を変えていく。乳首を摘《つ》ままれて転がされると、遠目にも硬く隆起していくのがはっきりわかった。

「あンっ」

「もう感じてきたのか？」

鷺谷は下劣な声で尋ねると、涼子の両膝を押し開く。すかさず腰を割りこませて、ペニスの先端を彼女の股間に押し当てた。鷺谷は両足を湯につけたまま、女体に覆いかぶさる格好だ。

「ま、待ってください」

涼子は両手を伸ばすと、男の胸板にあてがう。挿入を阻止しようとするが、押しのける力はない。

「そんなこと言っても、こっちは濡れてるじゃないか」

鷺谷が低い声で語りかけて、腰をゆっくり押しこんでいく。ペニスの先端が膣《ちつ》に入ったのか、女体がビクッと仰《の》け反《ぞ》った。

「あぁッ……ここではやめてください」

懸命に訴える涼子を無視して、鷺谷がさらに腰を押しつける。その直後、涼子の顎が跳ねあがり、三郎の位置から彼女の顔が確認できた。

眉をせつなげな八の字に歪《ゆが》めて、哀願するような表情を浮かべている。いやがっているというより、押し寄せる愉悦に耐えている感じだ。唇は半開きで、今にも喘《あえ》ぎ声が漏れそうだ。

「身体は早くしてって言ってるぞ」

「あぁンっ」

鷺谷が体重を浴びせかけると、涼子の唇から色っぽい声が溢れ出す。結合が深まったらしく、またしても女体が仰け反った。

「ほら、簡単に入っちまった」

鷺谷は凄絶な笑みを浮かべて、腰をゆったり振りはじめる。

おそらく、膣のなかを肉棒が前後に動いているのだろう。涼子の裸体が小刻みに震えて、大きな乳房が波打っている。鷺谷の巨軀《きょく》に組み敷かれた女体が、たまらなそうにうねりだす。まるで誘っているような反応だ。

「ンっ……ンっ……」

涼子は男を押し返すのをあきらめると、両手で自分の口を覆った。

「我慢するな。気持ちよかったら素直に声を出せよ」

鷺谷が彼女の手をつかんで口から引き剝がす。そして、腰の振り方を一気に激しくした。

「ああッ、ダ、ダメですっ」

とたんに甘い声が露天風呂に響きわたる。

口では抗っているが、女体が蕩けはじめているのかもしれない。涼子は首を左右に振りながらも、こらえきれない喘ぎ声を漏らしていた。

「あっ……あっ……」

「いい声が出てきたじゃないか」

鷺谷が調子に乗って腰を振る。ピストンの激しさを物語るように、足もとの湯がチャプチャプ弾けた。

「そ、そんなに激しくされたら……」

「激しくされたら、どうなるんだ？」

腰の動きを緩めることなく、鷺谷が意地悪く尋ねる。女体はあからさまに反応して、小刻みにビクビクと震えていた。

「ダ、ダメっ、ああッ、ダメですっ」

「なにがダメなんだ。ほら、ほらっ」

さらに激しくピストンすれば、涼子の裸体が大きく仰け反った。

「はあああッ」

顎が跳ねあがることで、顔がはっきり確認できる。青白い月光の下でも、頬がピンクに染まっているのがわかった。

「もうイキそうなのか？」

「そ、そんな……あああッ」

「答えろよ。イキそうなんだろ？」

鷺谷が乳首を摘まみあげて、執拗《しつよう》に尋ねる。すると、涼子は我慢できないとばかりにガクガク頷いた。

「あああッ、も、もうダメっ、はあああああッ！」

感極まったような声をあげて、女体が岩の上で跳ねあがる。

まるで感電したように、熟れた裸体に震えが走り抜けた。涼子が昇りつめたのは間違いない。下劣な男のペニスで強引に貫かれて、淑やかな女将があられもない姿をさらしていた。

「くおおおッ！」

鷺谷も腰を激しく打ちつけると、野太い声を響かせる。膣のなかで射精したらしく、中年太りの体に震えが走った。

「あううッ」

涼子の身体も震えている。精液を注ぎこまれて、再び絶頂に達したのかもしれない。感極まったような声を漏らしながら、腰を右に左にくねらせた。

「なかに出されると気持ちいいだろう」

鷺谷は満足げな声で語りかけると、凄絶な笑みを浮かべる。そして、挿入したままのペニスを、さらに奥までググッと突きこんだ。

「あああッ、も、もうダメです」

「口ではそう言っても、下の口は俺のチ×ポを食いしめて放さないぞ。相変わらず中出しが好きなんだな」

ふたりの声が露天風呂に響いている。耳をふさぎたくなるような、信じられない会話だった。

（な、なんだこれは……）

一部始終を目撃した三郎は、身動きできずに固まっていた。

なにが起きたのか理解できない。最初は涼子が襲われていると思った。助けに入らなければと焦ったが、途中から涼子は感じていた。男を拒むことなく、快楽に酔いしれていた。

今、涼子は仰向けになったまま、呆《ほう》けたようにぐったりしている。鷺谷は結合を解くことなく覆いかぶさり、顔を寄せて唇を重ねた。

「ンンっ……」

涼子は微かに鼻を鳴らすだけで、やはり抵抗しない。

抗っても無駄だとあきらめているのか、それとも鷺谷を完全に受け入れているのか。いずれにせよ、涼子が絶頂に達したのは紛れもない事実で、今も男に唇を与えていた。

先ほどのふたりの会話が頭に残っている。すでに何度か関係を持っているような雰囲気だった。

（まさか……）

いやな想像がふくれあがる。

もしかしたら、涼子は鷺谷の愛人なのかもしれない。そうだと仮定すれば、涼子の抵抗が弱かったことも、最終的には受け入れたことも理解できる。

(女将さん、そうなんですか?)

信じたくないが、そんな気がしてならない。

今も目の前で、涼子は乳房を揉まれながら舌を吸われている。

抵抗できないだけなのか、それとも悦《よろこ》んでいるのか、三郎には見わけることができない。これ以上、見ていることができず、足音を忍ばせて女湯をそっとあとにした。

第二章　仲居さんに癒されて

1

ドアをノックする音で目が覚めた。

慌てて枕もとに置いてあるスマートフォンで時間を確認すると、午前六時五分になっていた。

急いで跳ね起きてドアを開ける。すると、そこには不機嫌な表情の麻里が、腰に手を当てて立っていた。

「いつまで寝てるんですか」

麻里はすでに臙脂色の作務衣に着がえている。相変わらず愛らしい顔をしているが、思いきり眉を吊りあげていた。

「六時にロビーに集合って言いましたよね」

「す、すみません……」

三郎は頬の筋肉をひきつらせて頭をさげる。

昨夜、露天風呂で鷺谷と涼子が交わっているのを目撃したせいで、なかなか寝つけなかった。

いやいやながらも抱かれて、最終的には昇りつめていく涼子の姿が瞼《まぶた》の裏に焼きついていた。それが頭から離れず、何度も再生されてしまうのだ。結局、眠りについたのは明け方近くだった。

淑《しと》やかな涼子が乱れる姿にショックを受けた。

しかも、相手はあの嫌みな男、鷺谷だ。涼子も嫌っていると思ったが、最後は濃厚なディープキスまで交わしていた。

(どうして、あんな男と……)

いまだにショックから立ち直れていない。むしろ、ひと晩経《た》ったことで、現実として重く受けとめていた。

「とにかく、すぐに着がえてください」

「はい……」

いったんドアを閉めると、急いでスウェットから作務衣に着がえる。寝癖のついた髪に水をつけて直し、大慌てで廊下に戻った。

「寝坊して、すみませんでした」

再び謝罪して頭をさげる。

昨夜、目にしたことを話すわけにはいかない。麻里は涼子のことが好きで、この仕事をつづけていると言っていた。あんな姿を知ったら、ショックを受けるのは間違いなかった。

「眠れなかったんですか?」

麻里の口調が少し柔らかくなっている。首を微《かす》かに傾《かし》げて、三郎の顔を心配そうにのぞきこんだ。

「え、ええ……枕が変わると……」

とっさに嘘《うそ》をついた。下手な言いわけをするより、そういうことにしておいたほうがいいと思った。

「枕が変わったから眠れないって、やっぱりお坊ちゃんですね」

麻里がこらえきれないようにクスッと笑う。

先ほどまで怒っていたので、どうなることかと思った。とにかく、麻里が笑ってくれたことでほっとした。

「明日から寝坊しないでくださいね」

「はい、気をつけます」

「それでは、朝食の準備をします。行きましょう」

麻里がそう言って歩き出す。

朝いちばんの仕事は、宴会場での朝食の準備だという。本館一階の宴会場に着くと、すでに従業員総出で作業がはじまっていた。客の朝食は七時からはじまるため、それまでに準備を終えなければならないという。

しかし、仕事の内容より気になることがあった。着物姿の涼子が働いているのを発見したのだ。

（女将さん……）

ひと目見た瞬間、昨夜の光景が脳裏によみがえる。

月明かりに照らされた露天風呂で、鷺谷に貫かれていた。抗《あらが》っていたのは口先だけで、快楽に溺れているのがはっきりわかった。

信じられない光景を目の当たりにして、激しいショックを受けた。しかし、それでも惹《ひ》かれる気持ちは変わらない。いや、むしろますます気になる存在になっていた。

月光のなかで乱れる姿は、あまりにも妖しくて美しかった。三郎の心はすっかり虜《とりこ》になっていた。

望まない快楽に流されていく未亡人の悲哀を感じて、三郎の心はすっかり虜になっていた。実際のところ、涼子の心情まではわからない。しかし、どうしようもないほど惹かれていた。

「三郎さん、おはようございます」

涼子が視線に気づいて歩み寄ってくる。涼やかな声で挨拶されて、三郎は慌てて頭をさげた。

「お、おはようございます」

緊張のあまり声がかすれてしまう。なにを話せばいいのかわからず、苦しまぎれにひきつった笑みを浮かべた。

「大変だと思いますけど、よろしくお願いします」

「い、いえ、こちらこそ……」

もっと気の利いたことが言えればよかったのだが、頭のなかがまっ白になってしまう。三郎はそれきり黙りこみ、全身を硬直させて立ちつくした。

「麻里ちゃん、あとはよろしくね」

「はい、おまかせください」

麻里が元気よく言葉を返す。すると、涼子は軽く会釈して、その場から離れてしまった。

（やっぱり、美人だよなぁ……）

昨夜の出来事が夢だったような気がしてくる。

淑やかな女将にしか見えない。半年前に夫を亡くしたが、旅館を守るために悲しみを押し隠してがんばっている。そんな健気《けなげ》で物静かな涼子が、露天風呂で客とセックスするとは信じられなかった。

「では、わたしの真似《まね》をしてください」

麻里の声で、はっと我に返る。

「は、はいっ」

三郎は慌てて背すじを伸ばすと返事をした。

お膳と座布団を並べて、そのあとに箸や皿などを次々と置いていく。簡単なようだが、すべてが中腰で行う作業なので大変だ。しかも、食器類の置き方には厳格な決まりがある。

「お皿の模様をちゃんと見てください。適当に置いたらダメですよ」

麻里のチェックが細かく入り、そのたびに直していく。すると、前のことを忘れてしまうので、同じ注意を何度も受ける。

「ここ、お箸がないですよ」

「すみません」

「ほら、ここはお皿の向きが違うでしょ」

忙しいので麻里の口調もきつくなる。

だが、涼子もがんばっていると思うと弱音は吐けない。とにかく、麻里に注意を受けながら、必死に朝食の準備をした。

食器を並べたからといって終わりではない。

午前七時になり、客がばらばらとやってくる。席に案内したり、おかずを運んだりしなければならない。朝食時間は午前九時までとなっているため、それまでは動きっぱなしだ。

そして、客の朝食時間が終わると、ようやく従業員も休憩が取れる。いっせいには休めないので、交代で朝食を摂《と》るシステムだ。大広間で腹を満たすと、少し元気になった。

「このあとは、お客さまの見送りです」

麻里が次の指示を出す。

チェックアウト時間は午前十時だ。客がいっせいに押し寄せるので、フロントも人数を増やして応対するという。

玄関に向かうと、すでに従業員が集まっている。そこに三郎も加わり、帰っていく客にお礼を言って、笑顔で手を振った。

「次は客室の清掃ですか？」

三郎は隣に立っている麻里に尋ねる。

ところが、麻里は硬い表情をしており、なにも答えてくれない。彼女の視線の先を見やると、エレベーターの扉が開くところだった。

現れたのは鷺谷だ。

チェックアウトの午前十時をすぎているのに、急ぐ様子はまったくない。余裕の笑みさえ浮かべて、ゆったり歩いてくる。

（まだいたのか……）

思わず心のなかでつぶやいた。

ただでさえ印象が悪かったのに、露天風呂での行為を目撃したことで、拒絶の気持ちが強くなっている。それだけではなく、嫌悪と憤怒、さらには嫉妬まで芽生えていた。

すかさず涼子が歩み寄り、深々と頭をさげる。

「いつも、ありがとうございます」

常連客にかける挨拶だ。涼子は微笑を浮かべているが、頬が微かにこわばっている気がした。

「楽しませてもらったよ。近いうちにまた来るぞ」

鷺谷はそう言うと、腹に響く低い声で笑う。顎を少しあげて、人を見くだすような態度が不快でならない。

「お待ちしております」

涼子が淡々とした声で告げる。

どこまで本心で言っているのか、まったくわからない。ほかの客を応対するときとは異なり、感情を押し殺したような言い方だ。

「そうか、そうか。女将も俺と会うのが楽しみなんだな」

下劣で野太い声が、ロビーに響きわたる。ほかの従業員たちは、鷺谷と目を合わせないように顔を伏せていた。

（あいつと女将さん、どういう関係なんだ？）

三郎はこらえきれず、眉間に深い縦皺《たてじわ》を刻みこんだ。

鷺谷の言動だけに着目すると、やはり愛人関係のような気がする。涼子は従業員の前だから、感情を抑えているだけかもしれない。

そのとき、涼子の目の下にうっすら隈《くま》ができていることに気がついた。化粧でごまかしているが、よく見ればわかる。もしかしたら、昨夜の荒淫の影響かもしれない。三郎が去ったあとも、さらなる行為に及んだのではないか。涼子の顔には疲れが滲《にじ》んでいるが、それが妙に色っぽく映った。

「ありがとうございました」

従業員たちが声を合わせて、去っていく鷺谷を見送る。

三郎は形ばかり頭をさげるが、声は出さなかった。個人の感情を出すべきではないとわかっている。わかっているが、あんな男に挨拶したくない。その気持ちを抑えることができなかった。

客の見送りを終えて、涼子と従業員たちがそれぞれの仕事に戻っていく。三郎は鷺谷の去った玄関を呆然《ぼうぜん》と見つめていた。

（どうして、女将さんはあんなやつと……）

涼子の気持ちがわからない。

あの男のどこがいいのだろうか。せめて独身の男とつき合ってほしいが、そんなことを言える立場ではない。夫を亡くした悲しみに、つけこまれているだけではないか。考えれば考えるほど、気持ちが重く沈みこんでいく。

「サブさん？」

麻里の呼ぶ声が聞こえて、はっと顔をあげる。

どうやら、がっくりうつむいていたらしい。周囲を見まわすと、すでに三郎と麻里だけになっていた。

「元気がないですけど、どうかしましたか？」

「い、いえ、大丈夫です」

心配そうに声をかけられて、三郎は慌てて作り笑顔を浮かべる。涼子のことで落ちこんでいると悟られたくなかった。

「では、客室の清掃をはじめますよ」

麻里にうながされて客室フロアに向かう。

「まずは、わたしがひとりでやるのを見ていてください」

最初の客室に入ると、麻里がさらりと言った。

三郎は邪魔にならないように部屋の隅に立って見学する。麻里の動きは驚くほど速い。

布団と枕からシーツやカバーをはずしてクリーニングにまわす。布団は汚れがないことを確認して、押し入れにしまう。部屋に掃除機をかけると、窓やテーブルを拭いていく。

さらに水まわりをきれいにして、お茶やアメニティの補充もしなければならない。麻里は無駄のない動きで、すべてを完璧にこなしていく。やることはたくさんあるのに、あっという間に作業を終えていた。

「俺にできるかな……」

とてもではないが、覚える自信がない。気持ちが沈んでいるため、なおさら不安になってしまう。

「サブさんも、できるようになりますよ」

麻里はそう言ってくれるが、どうしてもテンションがあがらない。

とにかく次の部屋に移動して、今度は三郎も作業に加わる。しかし、あたふたするばかりで、足手まといになっていた。ミスばかりするので、麻里の仕事がかえって増えてしまうのだ。

午後二時のチェックインまでに、すべての部屋の清掃作業を終えなければならない。しかし、焦れば焦るほど失敗してしまう。アメニティのリンスを補充しようとして、床にぶちまけたときは辞めたくなった。

「す、すみません」

「大丈夫です。わたしも失敗しながら仕事を覚えたんです」

麻里は決して怒らない。

だからこそ、よけいに申しわけない気持ちになってしまう。麻里がひとりでやったほうが早いのは明らかだ。それでも、彼女はいやな顔をせず、昼休みをあとまわしにしてつき合ってくれた。

なんとか客室の清掃を終えると、大広間で遅い昼食を摂った。

今日のメニューは肉うどんだ。出汁《だし》のいい香りがするが、今は食欲が湧かなかった。

「本当にすみませんでした」

仕事ができない自分がふがいない。それに涼子が鷺谷に抱かれているのを目撃したショックも、いまだに尾を引いていた。

「謝らないでください。わたしも失敗ばっかりだったんです。でも、女将さんは一度も怒らなかったの……わたしができるようになるまで、ずっとつき合ってくれたんですよ」

麻里が懐かしそうに語る。

そういう経験をしているから、三郎に根気よく教えてくれたのだろう。涼子の影響を強く受けているのだ。

「女将さんって、いい人なんですね」

「そうですよ。とってもいい人です。だから、わたしは最後のひとりになっても応援します」

三郎の言葉を受けて、麻里が拳を握って力説する。なにをそんなに力んでいるのだろうか。

「最後のひとりって、ずいぶんおおげさですね。それじゃあ、人がどんどん辞めてるみたいじゃないですか」

思わず笑いかけるが、彼女はにこりともしない。それどころか、気まずそうに視線をそらした。

「えっ……人が辞めてるんですか？」

気になって問いかける。すると、麻里は聞こえていないフリをして、うどんを口に運んだ。

じつは、規模のわりに従業員が少ないと思っていた。もしかしたら、なにかあったのかもしれない。涼子の夫が亡くなったのが半年前だと聞いている。それから人が辞めてしまったのだろうか。

「早く食べちゃってください。このあと、客室フロアの廊下を掃除しますよ」

麻里は質問に答えようとしない。それこそ、なにか不測の事態が起きている証拠の気がした。

「なんか……すみません」

三郎はぽつりとつぶやいた。

彼女の頑《かたく》なな態度を見て、自分の言動を反省する。

昨日、この旅館に来たばかりの男に、内情を話せるはずがない。月島グループの三男坊だからといって、信用できるかわからないのだ。本当になにかあったのなら、なおさらだろう。

「立ち入ったことを聞いて、無神経でした」

つい興味本位で尋ねてしまった。

所詮、自分は研修で来ただけの部外者だ。一か月辛抱すれば、伊豆に帰ることになっている。この旅館になにかが起きていたとしても、手助けできるわけではない。

「どうせ、俺なんて……」

自虐的な言葉が溢《あふ》れ出す。

麻里がからかっていたように、自分などただの「お坊ちゃん」にすぎない。涼子が既婚者に抱かれていても、見ていることしかできなかった。たぶん同じ場面にもう一度遭遇しても、結果は同じだと思う。

「サブさん……」

麻里の穏やかな声が聞こえた。

顔をあげると、麻里が小首を傾げて見つめている。内心を見抜かれそうな気がして、三郎はおどおどと視線をそらした。

「今日は朝から元気がないですね」

「そんなことは……」

「サブさんこそ、なにかあったんじゃないですか？」

麻里の言葉にドキリとする。

なにかに気づいているのかもしれない。しかし、露天風呂で見たことを話せるはずもなく、三郎は口を閉ざしてうつむいた。

2

三郎は大浴場から従業員宿舎の部屋に戻ると、ベッドに腰をおろした。

(疲れた……)

思わず深いため息が漏れる。

朝からフルに働いたのは今日がはじめてだ。体が慣れていないのもあるが、精神的にも疲れきっていた。

今日は涼子とほとんど言葉を交わしていない。

朝、挨拶をしたあとは、三郎が意識的に避けていた。本当はもっと言葉を交わしたかった。しかし、昨夜のことがどうやっても頭から離れず、なにを話せばいいのかわからなかった。

(ああっ、女将さん……涼子さん)

心のなかで名前を呼んでみる。それだけで胸に熱いものがこみあげて、せつないほど苦しくなってしまう。

おそらく、涼子は鷺谷の愛人だ。決定的な現場を見ていながら、惹かれる気持ちは変わらない。むしろ、彼女のことをもっと知りたいという気持ちが芽生えていた。

（そろそろ寝ないと……）

時刻を確認すると、もうすぐ午前一時になろうとしている。

明日の朝も六時から仕事だ。早く寝ないと、また寝坊してしまう。電気を消すために立ちあがる。

コンッ、コンッ――。

そのとき、ドアをノックする音が響いた。

思わずドアを見つめて固まる。こんな時間に、いったい誰だろうか。誰かが来る予定はないし、そもそも部屋に招くほど親しくなった人はいない。

（なんか、怖いな……）

警戒しながらドアに歩み寄る。そして、ドアレバーをつかみ、ほんの少しだけ隙間を開けた。

「遅くにごめんなさい」

廊下に立っているのは麻里だ。

申しわけなさげな表情で、ドアの隙間からこちらを見つめていた。風呂に入ったらしく、黒髪がしっとり濡れている。いつもの作務衣ではなく、薄ピンクのスウェットの上下を身につけていた。

「なにかあったんですか？」

不思議に思いながら話しかける。すると、麻里はこっくり頷《うなず》いた。

「お話がしたいんです。ちょっとだけ、よろしいですか？」

「どうぞ……」

なにごとかと思いながらドアを開ける。

仕事のことで注意を受けるのではないか。ただでさえミスが多いのに、今日はとくに集中できていなかった。

麻里は部屋に入るとベッドに腰かける。まるで自室のような気軽さで、三郎に向かって手招きした。

「サブさんも座って」

「は、はい……」

急激に緊張感が高まっていく。

女性と部屋でふたりきりだと思うと、ヘンに意識してしまう。最後に女の人と触れ合ったのは大学生のときだ。卒業してからは誰ともつき合っておらず、仕事上でしか女性と言葉を交わす機会もなかった。

（落ち着かないな……）

三郎は逡巡《しゅんじゅん》したすえに、少し距離を開けて腰かけた。

「なにか飲みますか？」

黙っていると、なおさら緊張してしまう。とにかく話しかけると、麻里は首をゆるゆると横に振った。

「ううん、大丈夫です」

「あの……お話っていうのは？」

間を置かずに尋ねる。

雑談をしに来たわけではないだろう。一日中、いっしょにいたが、そこまで仲よくなっていない。やはり仕事のことで注意されるのではないか。

「今日のサブさん、元気がなかったから、どうしたのかなと思って」

麻里の口調はあくまでも穏やかだ。

しかし、三郎は警戒して身を固くした。安心したとたんに怒られそうで、気が抜けなかった。

「なにかありましたか？」

探るような目を向けられて、三郎はおどおどと視線をそらす。

心に引っかかっているのは涼子のことだ。昨夜、露天風呂で見たことが、ずっと気になっている。

（でも、それを言うわけには……）

三郎は奥歯を強く嚙《か》みしめた。

涼子が鷺谷のような男とつき合っていることを知れば、麻里は落ちこんでしまうだろう。彼女の耳に入れるべきではない。そう思うが、隠しているのも心苦しかった。

「女将さんのことでしょう」

いきなり、図星を指されてドキリとする。

三郎は思わず目を見開いて固まった。とっさに言葉を返すことができず、頰の筋肉をひきつらせた。

「できれば、知らないまま研修を終えてほしかったんだけど……」

麻里は独りごとのようにつぶやき、淋《さび》しげな笑みを浮かべる。

「でも、バレちゃったものは仕方ないですね」

いったい、麻里はなにを言っているのだろうか。

三郎は露天風呂で目にしたことを必死に隠していた。それなのに、なぜか麻里のほうが「バレちゃった」と口にした。

「な、なんのことですか？」

恐るおそる尋ねる。額には汗がじんわり滲んでいた。

「隠さなくてもいいですよ。なにかを見たんじゃないですか」

「な、なにかって？」

胸の鼓動が速くなっている。それでも、懸命に平静を装いつづける。

「女将さんのことですよ」

「お、女将さん……」

思わず声が裏返ってしまう。慌てて咳払《せきばら》いをしてごまかそうとするが、動揺は隠しきれない。

「鷺谷さんと会っていたんでしょう」

麻里の唇から男の名前が告げられて、ついに三郎は黙りこんだ。

「昨日、泊まったから、女将さんとなにかあると思っていたんです。サブさんはそれを見たんですね」

完全に見抜かれている。

どうやら、麻里はすべてを知っているらしい。それなら、必死になって隠している意味はなかった。

「どうして、それを……」

「住みこみで働いていると、見たくないものを見てしまうこともあります。でも、まさか女将さんが……」

麻里の声がだんだん小さくなり、やがて黙りこんで下唇を噛みしめた。

「俺も驚きました。やさしくていい人だと思ったのに、あんな男とつき合っていたなんて……」

すべてバレているのなら、もう黙っている必要はない。三郎は胸の奥で燻《くすぶ》っていた思いを一気に吐き出した。

「なにを言ってるんですか？」

麻里の口から紡がれたのは、予想外の言葉だった。

同調してくれると思ったのに、なぜか麻里は怪訝《けげん》そうに眉をしかめている。あからさまにむっとして、頬をふくらませていた。

「女将さんが、あんな人とつき合うはずありません」

「でも、確かに見たんです。昨日の夜、露天風呂で……」

そこまで言うつもりはなかったが、つい勢いで口走ってしまう。直後に失敗したと思うが、なかったことにはできなかった。

「露天風呂って、なんですか?」

すかさず麻里が尋ねる。

言いかけた以上、仕方がない。途中でやめるのは、もったいぶっているようで好きではない。

「じつは……見ちゃったんです」

三郎は無意識のうちに声を潜めて話しはじめる。

昨夜、涼子が女湯に入っていくのを見た。清掃中の看板が出ていたため、手伝いをしようと思って三郎も女湯に足を踏み入れた。そして、涼子と鷺谷が露天風呂でセックスしているのを目撃したのだ。

「てっきり、ふたりはつき合っていると思ったんですけど……」

「つまり、つき合っていると勘違いするほど仲がよさそうに見えた、ってことですね?」

麻里が念を押すように尋ねる。

「はい……」

三郎は頷きながら、頭のなかで昨夜のことを回想する。

露天風呂で鷺谷に抱かれて、麻里は明らかに感じていた。口ではいくら抗っても、結局は艶《なま》めかしい喘《あえ》ぎ声をあげて、ついには絶頂に達したのだ。そのあとの濃厚な口づけも、脳裏にしっかり焼きついていた。

「そうですか……」

麻里はむずかしい顔になっている。なにかを考えこんでいたが、やがて静かに口を開いた。

「女将さん、あきらめちゃったのかな……」

ひどく淋しげなつぶやきだ。麻里は暗い表情で視線を落とすと、小さく息を吐き出した。

「全然、わからないんですけど……どういうことなんですか？」

もどかしくなって尋ねると、麻里はこっくり頷いてから話しはじめる。

「あの人……鷺谷さんの経営する鷺谷不動産は、うちの旅館とも昔からつき合いがあるんです」

鷺谷の父親、幸之助が社長だったときに土地を購入して、庭園を現在の形に改修したという。先代の女将が健在だったころの話だ。広大な土地と造園にかかった費用は、かなりの額にのぼったらしい。

しかし、幸之助は儲《もう》けよりも地元の発展を望んでいた。最初から低金利での返済を提示してくれたため、大規模な改修を行うことができたのだ。

やがて高齢だった幸之助が亡くなり、息子が跡を継いだ。そのあとも、とくに問題なく、業務上のつき合いはつづいていた。ところが、半年前に涼子の夫が事故で亡くなってから、鷺谷の態度が急変したという。

「庭園をひろげたときの借金がまだあるんですが、月々の返済額をあげろと言ってきたんです」

麻里の声には怒りが滲んでいる。まったく想定していなかった事態で、涼子は困りはてていたという。

「毎日、電話をかけてきて、女将さんはいつも謝っていました。そのうち、鷺谷さんは直接来るようになったんです」

連日のようにやってきて、事務所で恫喝《どうかつ》まがいに返済を迫ったらしい。

「でも、ローンを組んだときの契約書があるはずでしょう。急に返済額を変えることなんて、できないんじゃないですか」

三郎は素朴な疑問を口にする。いくら幸之助がいい人でも、口約束だけで商売はしないだろう。

「そうなんですけど、幸之助さんの善意で、そもそもの金利があり得ないくらい低いんです。あの人はそれを逆手に取って、親父《おやじ》はおまえたちに脅されて、こんな契約をしたんだって言い出して……」

麻里が悔しそうに語りつづける。

低金利は幸之助のほうから提示したもので、きちんとした契約書もある。しかし、鷺谷は無理やり結ばされた契約だと言い張ったらしい。

「裁判とかになれば、勝てると思うんです。でも、そうなると揉《も》めていることが世間にひろまってしまいます」

「それは……まずいですね」

三郎はぽつりとつぶやいた。

同じ業界で働く者として、悩む気持ちは理解できる。スキャンダルでイメージがダウンすると、客足は一気に遠のいてしまう。そういったことが原因で廃業した宿泊施設をいくつも知っている。昨今はSNSで噂《うわさ》がすぐにひろまるため、スキャンダルは命取りになりかねない。

「そのうち、鷺谷さんは一括で返せと言い出したんです」

「そんな無茶苦茶な……悪徳不動産じゃないですか」

「ほとんど毎日やってきて、事務所で怒鳴り散らすようになって、人がたくさん辞めていきました」

それを聞いて思い出す。

事務所はいつもガランとしており、涼子がひとりでパソコンに向かっているのを何度か目撃した。あれは事務員が休憩していたのではなく、退職者が出たためだったのだ。

「毎日あんな人が来て、金を返せって騒いだら、それは誰だっていやになりますよね。女将さんも困ってしまって……気の毒です」

「ひどいな……」

三郎は思わず唸《うな》った。

あの清楚《せいそ》な涼子が、そんな目に遭っていたとは知らなかった。悩みや苦しみを見せることなく、女将としてがんばっている。力になってあげたいと思うが、なにかできることはあるのだろうか。

鷺谷の威圧的な雰囲気を思い出すと、それだけで逃げ出したくなる。強面《こわもて》でしかも体が大きくて、三郎のもっとも苦手とするタイプだ。

「仲居もずいぶん辞めました。人が減ってしまったから大変です」

それを聞いて納得する。そういった事情があるから、仕事のできない三郎でも受け入れてもらえたのだろう。

「麻里さんは、辞めたくなったことはないんですか？」

「わたしは、女将さんのことが大好きですから」

麻里はそう言うと、にっこり微笑《ほほえ》んだ。

心から慕っているのが伝わってくる。きっと涼子を助けたい気持ちが強いのだろう。たとえほかの従業員が全員辞めたとしても、麻里は最後まで残るような気がした。

「でも、女将さんはどうして、あんなことまで……」

三郎の脳裏には、またしても昨夜の光景が浮かんでいる。

借金の返済を迫られた結果、身体《からだ》を求められたのだろうか。そして、断りきれずに抱かれてしまった。おそらく、そんなところだと思う。しかし、そこまでする必要があるのだろうか。

「女将さんはこの旅館を守るために必死なんです。だって、旦那さんが残した大切な旅館ですから……」

麻里がしみじみとつぶやいた。

仲のいい夫婦だったと聞いている。それだけではなく、きっと涼子は責任感の強い女性なのだろう。嫁いだ以上、歴史のある旅館を守らなければならないと心に決めているのではないか。

「だからって、そんな……」

「鷺谷さんに言われすぎて、追いこまれてしまったんだと思います。一か月くらい前、女将さんは鷺谷さんが泊まっている部屋に呼ばれたんです」

そのまま、しばらく戻ってこなかったという。

数時間後に涼子がふらふら歩いているのを見かけた。すっかりやつれていたので心配して声をかけると、涼子は麻里に抱きついて涙を流したらしい。麻里はすべてを察したが、いっしょに泣くことしかできなかった。

「そんなことまでしないでくださいって、お願いしたんですけど、女将さんは旅館を守りたいからって……」

麻里はこみあげるものをこらえるように下唇を強く嚙んだ。

ひどい話に憤りを覚える。しかし、どうすればいいのかわからない。旅館の名前に傷をつけず、解決する方法はあるのだろうか。三郎はなにも言えなくなって黙りこんだ。

3

「ねえ、昨日のこと、詳しく教えてくださいよ」

沈黙を破ったのは麻里だった。

口調は一転して軽くなっている。暗い雰囲気を変えたいと思ったのかもしれない。愛らしい顔には笑みが浮かんでいた。

「昨日のことって？」

三郎は不思議に思って聞き返す。露天風呂のことなら話したが、ほかになにを知りたいのだろうか。

「だから、露天風呂のことですよ。どんなことをしてたんですか」

麻里はそう言って、すぐ隣に移動する。ベッドがギシッと鳴り、肩と肩が触れ合った。

（ち、近いな……）

内心、激しく動揺してしまう。

なにしろ、女性とはしばらく触れ合っていない。黒髪から甘いシャンプーの香りがして、無意識のうちに吸いこんだ。そんなことをしているうちに、緊張感がどんどん高まっていく。

「女将さん、どんな感じでしたか？」

「どんな感じって……楽しい話じゃないですよ」

三郎がそう言っても、麻里は引きさがろうとしない。なんとか聞き出そうとして、ますます身体を寄せてきた。

「もったいぶらないで教えてくださいよ」

「そ、そういうわけじゃ……だって、涼子さんは、いやいや鷺谷に抱かれていたんですよ」

「あっ、今、涼子さんって言いましたね」

すかさず麻里に指摘される。

つい「女将さん」ではなく「涼子さん」と言ってしまった。心のなかで、そう呼んでいた癖が出てしまった。

「もしかして、サブさん、女将さんのことが好きなんですか？」

麻里がにやにやしながら顔をのぞきこんでくる。

「そ、そんなはず……」

「じゃあ、嫌いなんですか？」

「い、いえ、そうじゃなくて、お世話になっていますから……もちろん、嫌いではないですけど……す、好きとか嫌いではなく……」

慌てて否定するが、しどろもどろになってしまう。言えば言うほど、おかしな感じになっていく。

「やけに口数が多いですね。ふうん、そういうことですか」

麻里は納得した様子で頷くと、再び三郎の顔をのぞきこんだ。

「昨日のことを教えてくださいよ」

「だ、だから、それは興味本位で話すことでは――」

「じゃあ、サブさんは、なんとも思わなかったんですか？」

三郎の言葉は、麻里の不服そうな声にかき消される。

「だって、ふたりがつき合っているように見えたんですよね。それって、すごく濃厚だったってことですか？」

「そ、それは……」

そう言われると、強く否定できない。涼子が乱れていく姿を目にして、まったく興奮しなかったと言えば嘘になる。

「女将さん、感じていたんですか？」

「え、ええ、まあ……」

言葉を濁しながらも頷いた。

心ではいやがっていたと思うが、借金のことがあり強く拒絶できなかったのだろう。しかし、彼女の身体が反応していたのも事実だ。好きでもない男に抱かれて、涼子は確かに感じていた。

「露天風呂ですよね。どんな体勢だったんですか？」

「そんなことまで……」

「いいじゃないですか、教えてくださいよ。前からですか、それとも、立ったまうしろからとか？」

愛らしい麻里の口から、そんな言葉が出るとは驚きだ。しかし、質問されたことで、昨夜の光景を思い出してしまう。

「ま、前から……女将さんが、岩の上に横たわって……」

三郎がつぶやくと、隣に座っている麻里が喉をゴクッと鳴らした。

「ふたりとも裸だったんですよね」

「露天風呂ですから……」

「女将さんの身体、きれいでしたか？」

　興味がつきないらしく、麻里は次々と質問を浴びせかけてくる。涼子のことなら、すべて知りたいのかもしれない。

「離れていて、ガラスドアごしだったから、はっきりとは……でも、肌が白くて、きれいだったと思います」

　思い出すと股間が疼《うず》いてしまう。そのとき、麻里がスウェットパンツの股間に手のひらを重ねた。

「うっ……ちょ、ちょっと」

「硬くなってるじゃないですか」

「そ、そんなはず……」

　慌てて身をよじるが、麻里の指は布地ごしに太幹をしっかりつかんでいる。甘い刺激がひろがり、ペニスがどんどんふくらんでしまう。

（どうなってるんだ？）

　三郎は激しく動揺していた。

まさか麻里がこんな大胆なことをするとは思いもしない。驚きのあまり身動きできない間に、つかんだペニスをゆるゆるとしごかれる。スウェットパンツの上からとはいえ、その刺激は強烈だ。

「ううっ、な、なにを……」

「女将さんのことを思い出して、興奮したんですね」

そう言いながら、麻里も呼吸を乱している。

涼子の話を聞いたことで、昂《たかぶ》っているのかもしれない。頬がピンク色に染まっており、瞳もしっとり潤んでいた。

「女将さんがどんなふうに抱かれていたのか教えてください」

「だ、だから、それはさっき……」

「よくわからなかったから、わたしにやってもらえませんか」

麻里の大胆な発言にドキリとする。

いったい、どういうつもりで言っているのだろうか。その間もスウェットパンツごしにペニスをにぎっており、ゆったり擦りあげているのだ。

「ま、麻里さん……」

「もう、こんなに硬くなってるんだし、いいでしょ？」

完全に誘っている。

麻里は五つ年下だが、きっと三郎より経験は多いのだろう。だから、こうして大胆な行動が取れるのではないか。

「と、ところで、彼氏はいないの？」

ふと気になって尋ねる。

町を歩けば、きっと男たちが放っておかないだろう。こんなにかわいいのだから恋人がいないほうが不自然だ。

「彼氏がいたら、こんなことするはずないでしょ」

麻里はそう言って、ますます強くペニスを擦りはじめる。

「ううっ……い、意外ですね」

「住みこみで働いていると、出会いがないのよね。恋人ができても、なかなか会えないから、すぐダメになっちゃうんです」

「な、なるほど……」

「もう半年も彼氏がいないんです。安心しましたか」

麻里はそう言うと、ベッドにあがって仰向《あおむ》けになる。そして、誘うような瞳で三郎を見つめた。

「しばらく、してなかったから……女でも欲情するんです」

「ほ、本当に、いいんですか」

ここまで大胆に誘われて拒めるはずがない。三郎は返事を待つことなくベッドにあがり、彼女に覆いかぶさった。

「サブさん……」

麻里は両手を三郎の首にまわして抱き寄せる。そして、唇を重ねると、いきなり舌を入れてきた。

「ま、麻里さん……うむっ」

三郎も舌を伸ばして、ヌルヌルとからませる。

柔らかい舌の感触に陶然となり、甘い唾液をすすりあげて飲みくだす。麻里も三郎の舌を強く吸いあげると、喉を鳴らして唾液を嚥下《えんげ》した。

ディープキスを交わすことで、気分がどんどん盛りあがっていく。スウェットの上から乳房に触れると、ゆったり揉みあげる。麻里はかすかに身をよじり、大きく息を吐き出した。

「はああンっ……サブさん」

濡れた瞳で見つめられて、いよいよ抑えが利かなくなる。スウェットの上着をまくりあげると、いきなり白いブラジャーが現れた。

大きな双《ふた》つのふくらみを包んでおり、谷間の部分にピンク色の小さなリボンがついている。愛らしい麻里のイメージにぴったりだ。しかし、今はブラジャーより、その中身のほうが気になっている。

両手を背中とシーツの間に滑りこませると、なんとかホックをはずしてブラジャーを押しあげる。すると、たっぷりした乳房がプルンッと揺れながら剝《む》き出しになった。

(こ、これが、麻里さんの……)

思わず両目を見開いて凝視する。

かわいい顔に似合わず、大きな乳房だ。白い肌がなめらかな曲線を描き、先端部分にピンク色の乳首がちょこんと乗っている。まだ触れてもいないのに、早くもぷっくりふくらんでいた。

「あ、あんまり、見ないでください」

麻里は小声でつぶやいて顔を横に向ける。

自分から誘ってきたのに、決して恥じらいを忘れない。そんな彼女の姿に、なおさら興奮させられる。三郎は震える手を伸ばして、双つの乳房をゆったり揉みあげた。

「ンっ……」

麻里の唇から微かな声が漏れる。

乳房は溶けそうなほど柔らかくて、三郎の指はどこまでも沈みこんでいく。力を入れすぎると壊れそうで、貴重品を扱うように慎重に揉みつづける。

（柔らかい……なんて柔らかいんだ）

感激しながら興奮している。

乳房の表面はシルクのようになめらかで、乳肉はとにかく柔らかい。飽きることなく、何時間でも揉んでいられそうだ。そうしているうちに、麻里の呼吸が荒くなってきた。

興奮してきたのかもしれない。それならばと、頂点で揺れる乳首をそっと摘《つ》まんでみる。

「あっ……」

とたんに麻里の唇から甘い声が溢れ出す。

硬くなった乳首を、人さし指と親指でやさしく転がす。すると、女体がクネクネと、くねりはじめた。

「ああンっ、そ、そこは……」

麻里が小声で訴える。そうしている間に、乳首はますます硬くなり、乳輪までぷっくりふくらんだ。

「乳首が感じるんですね」

三郎は両手の指先で、双つの乳首を転がしつづける。

「あっ……あっ……」

麻里は身体をもどかしげに揺らすが、されるがままになっていた。

女体に触れれば触れるほど、牡《おす》の欲望がふくれあがる。三郎は乳首にむしゃぶりつくと、舌を伸ばして舐《な》めまわした。

「ああっ、ダ、ダメです」

女体が仰《の》け反《ぞ》り、麻里の声が大きくなる。いやがっているわけではない。その証拠に両手で三郎の頭を抱えこみ、たまらなそうに腰をよじった。

グミのように硬くなった乳首を舌先で舐め転がす。唾液をたっぷり塗りつけては、チュウチュウと音を立てて吸いあげる。そうすることで、乳首はますます敏感になり、女体の悶え方が大きくなった。

「はああンっ、も、もう……」

麻里が焦《じ》れたような声をあげる。

さらなる刺激を求めているに違いない。三郎は遠慮することなく、彼女のスウエットの上着とブラジャーを完全に剝ぎ取った。さらにスウェットパンツも引きおろして白いパンティも引きさげる。

「ああっ……」

さすがに麻里が恥じらいの声を漏らすが、それでも身体を隠すことなく晒《さら》していた。

これで麻里は生まれたままの姿になった。

恥丘には陰毛がわずかにしか生えていない。おそらく生まれつき、毛が薄いのだろう。しかも一本いっぽんが繊毛のように細いため、肌に走る縦溝が透けて見えていた。

(なんていやらしいんだ)

興奮のあまり鼻息が荒くなってしまう。

いきなり、恥丘に鼻先を埋めると、陰部の匂いを嗅ぎながら舌を這《は》わせる。陰毛ごと縦溝を舐めれば、麻里は自ら脚を開いていく。

「あンンっ、そ、そんなところ舐められたら……」

「こっちも舐めてほしいんですね」

三郎は彼女の膝を押し開くと、秘められた部分を剝き出しにする。

うっすらとした陰毛の下に見えるのは、鮮やかなピンク色の陰唇だ。ぴったり閉じているが、隙間から透明な汁がジクジク湧き出している。

それを見た瞬間、全身の血液が沸き立つような興奮が押し寄せる。本能にまかせてむしゃぶりつき、女陰を舌で舐めまわす。溢れる華蜜をすすりあげて、躊躇《ちゅうちょ》することなく嚥下した。

「ああっ、サ、サブさんっ」

身体を仰け反らせて、麻里が色っぽい声をあげる。

舌を這わせるたび、陰唇の狭間《はざま》から新たな果汁が溢れ出す。三郎は唇を密着させると、ジュルルッと音を立てて透明な汁を吸いあげた。

「どんどん溢れてきますよ」

とろみある華蜜はチーズに似た香りがして、少し塩味がある。柔らかい陰唇の感触と相まって、ますます興奮が煽《あお》られる。

「吸わないでください……はああンっ」

麻里はそう言いながら、両手で三郎の頭を抱えこんでいる。自ら股間を突き出して、さらなる愛撫《あいぶ》を求めていた。

三郎の興奮も限界まで高まっている。ペニスは棍棒《こんぼう》のように勃起して、ボクサーブリーフのなかは我慢汁でヌルヌルだ。スウェットパンツの前が破れそうなほど張りつめていた。

「俺も、もう……」

挿入したくてたまらない。三郎は服を脱ぎ捨てて裸になると、いきり勃《た》ったペニスを剝き出しにした。

麻里の視線が股間に向くのがわかり、羞恥がこみあげる。しかし、恥ずかしさより興奮のほうが勝っている。再び女体に覆いかぶさり、我慢汁の滲む亀頭の先端を女陰に押し当てた。

「あっ……」

麻里の唇から微かな声が漏れる。その声に導かれるように、体重を浴びせかけて亀頭を埋めこんだ。

「あああッ、お、大きいっ」

艶めかしい喘ぎ声が部屋の空気を震わせる。

まだ亀頭が入っただけだが、濡れた襞《ひだ》がいっせいにからみつく。ヌルヌルと擦りあげられて、蕩《とろ》けるような快感が押し寄せた。

「ううっ、す、すごいっ」

三郎は唸りながら、さらにペニスを埋めこんだ。亀頭でみっしりつまった媚肉（びにく）をかきわける。カリで膣壁《ちつへき》を擦りつつ、太幹を根もとまで挿入する。やがてペニスの先端が最深部に到達して、ふたりの陰毛がからみ合った。

「はううッ、ふ、深いです」

麻里の呼吸はすっかり乱れている。両手を三郎の腰にあてがって、濡れた瞳で見あげていた。

「う、動きますよ」

三郎が声をかけると、麻里は催促するように何度も頷く。だから、遠慮なく腰を振りはじめた。

「あッ……あッ……」

とたんに麻里の唇から喘ぎ声が溢れ出す。

カリが膣壁を擦り、亀頭の先端が子宮口をノックする。それをくり返すことで、女体は瞬く間に快楽にまみれていく。彼女の下腹部が波打ち、膣道がペニスを締めつけた。

「くうぅッ、き、気持ちいいっ」

ピストンがどんどん加速してしまう。

なにしろ数年ぶりのセックスだ。蜜壺がもたらす快楽は強烈で、とてもではないが力のセーブができない。ペニスを抜き挿しすると、奥から新たな華蜜が溢れてヌルヌル滑る。その感触がたまらず、さらにピストンが速くなる。

「あぁッ、は、激しいです、あああッ」

麻里の喘ぎ声が大きくなり、大きな乳房がタプタプ弾む。その光景も視覚から欲望を刺激して、結果として快楽が高まっていく。

「おおッ……おおおッ」

あっという間に射精欲がふくれあがり、ピストンがさらに加速する。もう昇りつめることしか考えられない。上半身を伏せて女体を抱きしめると、全力で股間をたたきつける。

「い、いいっ、あああッ、いいですっ」

麻里の喘ぎ声も大きくなる。両手両足で三郎にしがみつき、さらにはピストンに合わせて股間をしゃくりはじめた。

「おおおッ、も、もうっ」

「ああッ、わ、わたしも……」

ふたりは息を合わせて腰を振り、最後の瞬間に向けて突っ走る。

ペニスを思いきり突きこめば、膣がしっかり反応して締めつける。快楽が快楽を呼び、頭のなかがまっ赤に燃えあがっていく。

「あああッ、もうダメですっ、イクッ、イクうううッ！」

ついに麻里がよがり泣きを響かせて昇りつめる。女体がビクビクと痙攣《けいれん》して、女壺がキュウウッと猛烈に締まった。

「くううッ、で、出るっ、おおおおッ、ぬおおおおおおッ！」

三郎も限界に達して雄叫《おたけ》びをあげる。

ペニスを根元までたたきこんで、思いきり精液を放出した。久しぶりのセックスなので、快感はなおさら大きくなる。亀頭も竿《さお》も蕩けてしまうかと思うほどの愉悦が押し寄せた。

「ああっ、サブさん……」

「麻里さん……」

ふたりはきつく抱き合い、快楽を共有する。絶頂しながら唇を重ねると、舌を深くからめ合う。そうすることで、快楽はより深いものへと変化した。ふたりは夢中になって舌を吸い、相手の唾液を貪るように味わった。

結合を解いて、ふたりは裸のまま並んで横たわっている。しばらくして、乱れていた呼吸がようやく整ってきた。

「すごかったです」

先に口を開いたのは麻里だった。

「サブさんって、意外と激しいんですね」

「なんか……すみません」

三郎は照れくさくなって謝罪する。

快楽に流されるまま、思いきり腰を振っていた。数年ぶりのセックスだったため、つい激しくなってしまった。

「これだけ元気なら大丈夫ですね」

麻里はそう言って、くすりと笑う。

その言葉が気になり、思わず彼女の顔をまじまじと見つめる。すると、いたずらっぽい表情を浮かべて肩をすくめた。

(もしかして、俺を元気づけるために……)

麻里の大胆な行動が腑《ふ》に落ちなかったが、ようやく謎が解けた気がする。

三郎は涼子のことでショックを受けて落ちこんでいた。そんな三郎を元気づけるために、誘ってきたのではないか。

「麻里さん……ありがとうございます」

思わず礼を言うと、麻里は不思議そうに首を傾げる。

「俺を慰めるために、こんなことをしてくれたんですね」

わざわざ言う必要はなかったかもしれない。しかし、感謝と申しわけない気持ちが溢れて、黙っていられなかった。

「なに言ってるんですか」

最初はきょとんとしていたが、急に麻里はくすぐったそうに笑った。

「わたしがしたかっただけですよ。言ったじゃないですか。女でも欲情することはあるんですよ」

口ではそう言っているが、照れ隠しに違いない。

肌を合わせたからこそ、わかることがある。麻里は心やさしい女性だ。きっと落ちこんでいる三郎を放っておけなかったのだろう。

「研修、途中でやめないでくださいね。サブさんが一か月いてくれると、すごく助かるんです」

麻里は穏やかな声で語りかける。

「これ以上、人が減ると、女将さんの負担がますます増えてしまいます」

心から涼子を助けたいと思っているのだろう。その気持ちが痛いほど伝わってきた。

「たいしたことはできませんけど、お手伝いさせてください」

三郎は決意を胸につぶやいた。

涼子を助けたい気持ちは三郎も同じだ。研修などいやで仕方なかったが、ここでがんばる理由が見つかった気がした。

第三章　感謝の気持ちはお口で

1

温泉旅館あまみやで研修をはじめて、一週間が経《た》っていた。

仲居の仕事はやることが多くて大変だが、それでも生活のリズムにようやく慣れてきたところだ。

朝は五時半に起床して、六時には宴会場で朝食の支度をする。チェックアウトの手続きや客の見送り、館内の掃除など、目のまわるような忙しさだ。しかも従業員の人数が少ないので休む暇がない。鷺谷が来るようになって、事務員や仲居が何人も辞めているのだ。

三郎は週休一日だが、麻里はすでに数か月、休みなしで働いているという。それを聞いたら、ひとりだけ休んでなどいられない。研修期間はたった一か月なので、三郎も休日返上でがんばるつもりだ。

今日も朝からバリバリ働いている。とはいっても、急に仕事ができるようになるはずもなく、麻里に叱られてばかりだ。

先ほどはバケツをひっくり返して、廊下を水浸しにしてしまった。今はそれを必死に拭いているところだ。床に這《は》いつくばり、雑巾で水を吸い取ってはバケツに戻すことをくり返す。力になりたいのに、自分のミスでよけいな仕事を増やしてしまった。

(本当に役に立ってるのかな……)

そんな疑問が常に頭の片隅にある。

自分では懸命にがんばっているつもりだ。しかし、足を引っ張っているような気がしてならない。

(俺なんて、結局……)

所詮は呑気《のんき》な三男坊だ。

小さいとき、よくそう言ってからかわれた。

自覚はないが、甘やかされて育ったのだろう。大人になってからも甘やかされている。ホテル月島ではろくに働いていなかった。ただ出勤しているだけで、のんびりしていた。そんな三郎を注意できる人がいなかった。

だから今、麻里と働くことができて、本当によかったと思う。

年下なのにビシビシ注意してくれるおかげで、自分がいかに仕事ができないかを自覚できた。

「まだやってるんですか?」

突然、背後から声が聞こえる。

振り返ると、呆《あき》れた顔をした麻里が立っていた。腰に手を当てて、ため息まじりに見おろしている。

「今、終わったところです」

三郎は急いで立ちあがり、バケツを手に持った。

「サブさんは慌てるから失敗するんです。急がなくていいから、慎重にやってください」

麻里のアドバイスに納得する。きっと仕事ができるからこそ、人のことも的確に分析できるのだろう。

「ここはもう大丈夫ですね。疲れたんじゃないですか。とりあえず、少し休憩してください」

怒るだけではなく、やさしい言葉もかけてくれる。

涼子に出会っていなければ、麻里のことを好きになっていたかもしれない。それくらい、人間として尊敬できる女性だ。

一週間前、一度だけ身体《からだ》の関係をもった。しかし、翌朝から、互いになにごともなかったように接している。話し合ったわけではないが、あれは一夜限りのことだとわかっていた。

「麻里さんは、なにをするんですか」

「もうすぐチェックインの時間なので、お客さまが来る前に玄関の掃除をしておきます」

「それならできます。俺にやらしてください」

休んでいる場合ではない。なんとか失敗を取り返したかった。

「では、いっしょにやりましょう」

麻里はやさしい笑みを浮かべて言ってくれる。

三郎の気持ちが伝わったのかもしれない。麻里に連れられて、いっしょに本館の玄関に向かった。

フロントを見やると、涼子が事務仕事をしていた。ほかに人がいないので、彼女の負担は大きい。これから来る宿泊客の確認をしているのだろう。事務仕事も増えているに違いなかった。

サンダルを履いて外に出ると、小雪がパラパラと舞っていた。

庭園の木々は雪に覆われている。細い枝の先端まで雪をかぶって白くなっている光景は、じつに幻想的だ。

「きれいですね」

三郎は寒さに震えながら、ぽつりとつぶやく。口を開くと白い息が漏れる。氷点下なのかもしれない。北海道での研修は、なにもかもが新鮮だ。

「わたしは見慣れてしまったけど……」

麻里はそう言ってから庭に視線を向ける。そして、ゆっくり見まわしてから頷《うなず》いた。

「きれいですね。サブさんに言われて、あらためて思いました」

白い息を吐きながら、柔らかい笑みを浮かべている。

これほどの見事な景色でも、北海道に住んでいると当たり前になってしまうのだろうか。

（そういえば……）

ふと思い出す。

伊豆のホテル月島に宿泊した客たちは、必ずといっていいほど、帰りぎわに自然の美しさを賞賛する。

三郎にとっては見慣れた光景だが、伊豆の山々が宿泊客たちを感動させているようだ。わかってはいるが、今ひとつ実感がなかった。お礼まで言って帰っていく客に「ありがとうございます」と機械的に答えていた。

だが、こうして北海道の雪景色を目にして、ようやく宿泊客の気持ちがわかった気がする。伊豆の自然に感動してくれた人たちに、今度は心をこめて「ありがとうございます」と言える気がした。

三郎と麻里は手分けをして、玄関を掃除する。手が凍えるほど寒いが、きれいに拭き掃除をして、客を迎え入れる準備が整った。

「完璧ですね。では、なかに戻りましょうか」

麻里がそう声をかけたとき、雪の積もった道を一台のタクシーが走ってくるのが見えた。

「お客さまですね。このままお迎えしましょう」

「はい、ちょうどよかったですね」

麻里と三郎は並んで立った。タクシーが停車するのを待ち、後部ドアが開くと頭を深々とさげる。

「いらっしゃいませ」

ふたりで声をそろえると、頭をゆっくりあげていく。すると、目の前にはグレーのスーツに身を包んだ大柄な男が立っていた。

（うっ……）

三郎は思わず顔をこわばらせる。

隣の麻里も息を呑《の》むのがわかった。全身から緊張感が伝わってきて、その場の空気が張りつめた。

「これはこれは、大歓迎じゃないか」

不快な野太い声が響きわたる。

ふたりの前に立っているのは鷺谷だ。前回はセカンドバッグだけだったが、今日は黒革のボストンバッグを持っている。

「心づけでも狙ってるのか。おまえらにやる金なんてないぞ」

鷺谷は人を見くだすような目をふたりに向けると、馬鹿にしたように大声で笑った。

（よりによって、こいつかよ）

腹のなかで吐き捨てる。

この男がいるだけで美しい雪景色が穢《けが》される気がして、三郎は奥歯をギリッと嚙《か》んだ。

先日の露天風呂での一件以来、鷺谷のことを思い出しては苛《いら》立《だ》ちを募らせていた。二度と会いたくないと思っていたが、またしても顔を合わせてしまった。当然ながら予約などしておらず、自分勝手にやってきたのだ。

「ご予約は入っていないようですが」

麻里が抑揚のない声で告げる。

おそらく、三郎と同じ気持ちなのだろう。憤怒《ふんぬ》を抑えるため、麻里の顔は能面のような無表情になっていた。

「また、おまえか。ひと部屋くらい空いてるだろう」

鷺谷は気にすることなく、宿に入ろうとする。すると、すかさず麻里が男の前に立ちはだかった。

「申しわけございません。お帰りください」

きっぱり言いきると、眼光鋭く男を見つめる。

「おい、誰に向かってものを言ってるんだ」

鷺谷がむっとした顔で、麻里に向かって一歩踏み出した。

ふたりは至近距離でにらみ合っている。麻里の態度にも問題はあるかもしれないが、鷺谷を客とは認めたくない。どうせ、また涼子の身体が目当てで来たに違いないのだ。

(とにかく、なんとかしないと……)

三郎は焦っていた。

このままでは麻里が殴られてしまうのではないか。麻里はかわいらしい顔をしているが、驚くほど気が強い。強面《こわもて》の鷺谷に凄《すご》まれても、一歩も引こうとしなかった。

三郎がおろおろしていると、入口の引き戸が開いた。

「麻里ちゃん、なにをやっているの」

聞こえたのは涼子の声だ。慌てた感じで表に出てくると、麻里の作務衣の袖をつかんでさがらせた。

「お客さまに向かって、よくないですよ」

涼子はめずらしく厳しい口調で麻里を窘《たしな》める。すると、麻里は目に涙を浮かべて、今にも泣き出しそうな顔になった。

「だって、女将さん……」

それだけ言うと、麻里はこみあげるものをこらえるように黙りこんだ。

三郎には麻里の気持ちが痛いほどわかる。ふいに涙腺が緩みそうになり、慌てて腹に力をこめてグッと耐えた。

「いいのよ。ありがとう。わたしは大丈夫だから」

涼子はふっと笑みを浮かべて、麻里の肩をやさしく撫《な》でる。そして、あらためて鷺谷と向き合った。

「いらっしゃいませ。ご宿泊でしょうか」

涼子は笑みを浮かべて、招かれざる客を応対している。

また無理やり抱かれるかもしれないのに、普通の客として接していた。本心ではいやに決まっている。それでも旅館を守りたいという思いから、懸命に自分を奮い立たせているのだろう。

「わかりきったことを聞くなよ」

鷺谷はそう言いながらも、涼子が現れたことで機嫌を直している。ニヤニヤしながら、着物の腰に手をまわした。

「困ります」

涼子は小声でつぶやくが、男の手を振り払うことはしない。そのまま宿のなかへと戻っていった。

(そこまでして……)

彼女の強い決意を感じて、三郎は胸が苦しくなるのを感じた。

「サブさん……わたし、悔しいです」

麻里の瞳から涙が溢《あふ》れて頬を伝った。

思いは同じだ。三郎も悔しくてたまらない。しかし、当の本人である涼子が拒絶しないのだから、どうすることもできなかった。

「どうして、あんなやつを歓迎しなくちゃいけないんだ」

拳を強く握りしめてつぶやいた。

できることなら、この手で鷺谷を殴り飛ばしてやりたい。しかし、三郎はそんな腕力を持ち合わせていなかった。

(俺にできることなんて、なにも……)

そのとき、ふと思いついた。

リゾートホテル月島グループの三男坊として生まれて、甘やかされて育った三郎だが、唯一できることがあった。

ろくに仕事もせず、ホテルのなかをぶらぶらしていたので、よく客に話しかけられた。そのおかげで、もともと奥手な性格だったが、客と話すスキルだけはアップした。

(俺は、これでもホテルマンなんだ)

はじめて自分の仕事を生かせるときがきた。心のなかで自分自身に言い聞かせると、麻里の顔をまっすぐ見つめた。

「俺にまかせてください」

「サブさん?」

麻里が不安そうにつぶやく。そして、無謀なことはやめるようにと、首を左右に小さく振った。

「危ないことは、しないでください」

「大丈夫です。俺にもできることはあります」

自信はないが、やれるだけやってみるつもりだ。

怖くないと言えば嘘《うそ》になる。それでも、涼子を助けたい気持ちのほうが、はるかにうわまわっていた。

2

「女将さん、わたしにやらせてください」

三郎は急いでなかに入ると、フロントに向かって声をかけた。

涼子は宿帳を取り出そうとしているところだ。向かいに立っている鷺谷が、怪《け》訝《げん》な顔で振り返った。

「先ほどは失礼しました」

三郎はホテル仕込みの作り笑顔で告げると、フロントに入っていく。そして、涼子の手から宿帳を受け取った。

「三郎さん、ここは大丈夫ですから――」

「これも研修の一環です。いいですよね」

困惑する涼子をそっと押しのけると、宿帳をカウンターに置いた。

強引な作戦だが、涼子と鷺谷をできる限り引き離すつもりだ。きちんと接していれば、鷺谷も文句を言えないだろう。

「こちらにご記帳をお願いします」

「おう……」

鷺谷は勢いに押されるようにペンを取ってサインする。そして、三郎の顔をのぞきこんだ。

目が合うと気圧《けお》されそうになる。だが、なんとか自分を奮い立たせて、笑顔を作った。

「お部屋にご案内します」

「いや、女将が——」

鷺谷がなにか言いかけるが、三郎は聞こえないフリをしてフロントを出る。そして、鷺谷のボストンバッグをつかんだ。

「お荷物をお持ちしますね。さあ、こちらにどうぞ」

勝手に荷物を持って歩きはじめる。

鷺谷が怒り出すのではないかとひやひやするが、なにも言わずに黙ってついてきた。

今まで我が物顔で振る舞ってきたのだろう。だから、こうして三郎が強引に出たことで、とまどっているのではないか。思いつきの作戦だったが、案外いけるかもしれない。

(よし、この調子で……)

エレベーターに乗りこみ、二階の客室フロアで降りる。廊下を歩く間も、鷺谷はひと言もしゃべらなかった。

「こちらです」

案内したのは「ハマナス」という名前のついた客室だ。

鷺谷は苛ついた顔をしている。三郎は荷物をそっと置くと、逃げるように部屋を出た。

(ああっ、怖かった……)

廊下でひとりになり、ようやく緊張から解き放たれる。ほっとして大きく息を吐き出した。

「サブさん、やるじゃないですか」

麻里がやってきて声をかける。三郎がなにをやるのか気になって、あとをつけてきたらしい。

「緊張したけど、なんとかうまくいきました。女将さんとあいつを、できるだけ近づけないつもりです」

「わたしも協力します」

「はい。女将さんを守りましょう」

三郎は力強く頷いた。

ふたりで力を合わせれば、なんとかなるのではないか。麻里がいると思うと心強かった。

そのあともチェックインの手続きや館内の掃除をしながら、涼子と鷺谷が接近しないように注意した。涼子はフロントから出ることなく、鷺谷も部屋にこもったまま出てこない。仲居の仕事もあるので忙しいが、麻里とふたりで監視できるのでなんとかなった。

やがて夜になり、食事の支度がはじまった。

今のところ、涼子と鷺谷は接触していない。徹底的にマークして、このまま会話すらさせないつもりだ。

晩ご飯は部屋食で、ワゴンに載せて料理を運ぶシステムだ。基本的に仲居の仕事だが、今は人手不足なので涼子も手伝っている。各客室で配膳するとき、客と接するので、涼子を鷺谷の部屋に行かせるわけにはいかない。

厨房《ちゅうぼう》の前の廊下に、客室の名前の札がついたワゴンが並ぶ。三郎が鷺谷の客室のワゴンを探していると、涼子がやってきた。ひとつのワゴンに歩み寄り、硬い表情で運ぼうとする。

「あっ、ちょっと待ってください」

三郎は慌てて涼子を呼びとめた。駆け寄って札を確認すると、そこには「ハマナス」と書いてある。

(やっぱり……)

ハマナスは鷺谷が泊まっている客室だ。

女将としての責任感が彼女を突き動かしているのだろうか。涼子は自ら鷺谷の部屋に向かおうとしていた。

「それは俺が持っていきます」

三郎は横からワゴンの取っ手をつかんだ。

「でも、その部屋は……」

涼子が困惑の声を漏らす。

しかし、鷺谷と身体の関係を持っていることは隠しておきたいのだろう。それ以上はなにも言わずに黙りこんだ。

「では、行ってきます」

三郎はそのままワゴンを押して、エレベーターで二階にあがる。ハマナスの前に到着すると、緊張しながらドアをノックした。

ところが、返事はない。引き戸に手をかけると、ゆっくり開いていく。

「失礼します」

声をかけながら室内に足を踏み入れる。すると、鷺谷は座布団を枕にして畳に寝そべり、テレビを眺めていた。

（いるなら返事をしろよ）

腹のなかでつぶやくが、もちろん口には出さない。三郎は正座をすると、恭しく頭をさげた。

「お休みのところ、申しわけございません」

「なんだ、またおまえか」

三郎を見るなり、あからさまに不機嫌な顔をする。横たわったまま舌打ちをして、再びテレビに視線を向けた。

「なんの用だ」

「お食事の用意ができました。お運びしてもよろしいでしょうか」

「勝手にしろ」

鷺谷はこちらを見ることなく吐き捨てる。

やはり涼子が目的だ。こんな男に近づけるわけにはいかない。三郎は料理を次々と運んで、座卓に並べていく。

「なにかございましたら、内線電話でお申しつけください」

正座をして告げると、退室しようとする。

「おいっ」

そのとき、強い口調で呼びとめられた。

「は、はい……」

一気に緊張感が高まる。恐るおそる見やると、鷺谷が寝そべったまま、口を開いた。

「酒を持ってこい」

「日本酒でよろしいでしょうか」

「女将に聞けばわかる」

「かしこまりました。失礼します」

頭をさげると、逃げるように立ち去る。

だいぶ苛ついているので、呼びとめられたときはドキリとした。とにかく、急いで厨房に戻ると、ちょうどそこにいた涼子に確認する。

「鷺谷さんが日本酒を注文されたのですが」

「それなら――」

涼子は鷺谷の好みを把握しており、すぐに銘柄を教えてくれた。

即答する姿を見て、深い仲を連想してしまう。涼子が鷺谷のペニスで悶《もだ》えている姿を思い出す。嫉妬がこみあげて、胸の奥がもやもやした。

「わたしが持っていきますよ」

「いえ、俺に行かせてください」

三郎はきっぱり言いきった。

絶対に涼子と鷺谷を近づけるわけにはいかない。あの男のことだから、涼子を見るなり押し倒すのではないか。危険だとわかっていながら、涼子を行かせるわけにはいかない。

「三郎さん……大丈夫ですか？」

涼子が心配そうに尋ねる。

多くは語らないが、鷺谷の性格を知りつくしているのだろう。苛々していることを想像して、心配しているに違いない。

「おまかせください。これでもホテルで働いていたので、いろいろなお客さまと接してきましたから」

三郎は胸を張って堂々と告げる。

本当は怖くてたまらないが、そんなことはおくびにも出さない。必死にがんばっている涼子を助けたい一心だった。

「心配無用です。では……」

三郎は日本酒を手に、再びハマナスの部屋に向かう。

ノックして引き戸を開ける。部屋に入ると、鷺谷は座卓の前で胡座《あぐら》をかいて刺身を口に運んでいた。

「どうして、おまえが持ってくるんだ。女将はどうした」

「今、取りこみ中でして……」

ごまかしながら、日本酒の四合瓶とお猪口《ちょこ》を座卓に置く。その間、鷺谷がずっとにらんでいた。

「おまえ、確か新入りだったよな」

「はい……こちらでお世話になって、まだ一週間です」

三郎が答えると、鷺谷は鼻でフンッと笑った。

「今のうちに次の仕事を探しておいたほうがいいぞ」

「どういう意味でしょうか」

聞き返しても鷺谷は答えない。さっそく日本酒を飲んで、意味深にニヤニヤしていた。

（なんなんだ、こいつ……）

三郎は苛立ちを押し隠して頭をさげると、静かに退室する。

涼子のことを気に入っているのは間違いないが、ほかにもなにかを企《たくら》んでいるのではないか。考えていることはわからないが、とにかく危険な匂いがプンプン漂っていた。

3

そのあとも、ハマナスには三郎だけが出入りした。

夕飯の片付けも、布団を敷くのも、三郎ひとりだけだ。麻里が交代を申し出てくれたが、女性を行かせるのは危ない気がした。鷺谷は明らかに苛ついているので、涼子も麻里も近づけたくなかった。

遅い夕食を摂《と》ると夜十時をすぎていた。

三郎と麻里は大広間を出て、事務所に向かう。

ひととおりの仕事は終わっていた。あとは事務所で待機して、ルームサービスなどの要望があれば対応する。そして、午後十一時になれば片付けをして、本日の業務はすべて終了だ。

本来であれば早番、遅番の二交代制だ。早番は午前六時から午後三時まで、遅番は午後二時半から午後十一時半までの勤務となっている。しかし、従業員が大勢辞めたことで、スケジュールがまわらなくなっていた。

残った者たちに皺《しわ》寄せがきて、過酷な労働環境になっている。どんなに旅館を守りたいと思っても、これでは体が持たない。いずれ、さらなる退職者が出るのは間違いなかった。

(このままだと、経営が危うくなるんじゃ……)

決して口には出せないが、三郎はそう思っている。

いや、すでに経営は傾いていると言ってもいいだろう。人手不足の状況で、これまでと同じサービスを提供できるはずがない。現に古くからの常連客は、足が遠のいているという。

鷺谷のせいで、この旅館は危機的状況に陥っている。涼子は精神的にも肉体的にも追いこまれており、そのうち倒れてしまうのではないか。もし、そんなことになれば、いよいよ旅館は立ち行かなくなる。

（どうすればいいんだ……）

三郎は自分のことのように悩んでいた。

今はなんとか涼子と鷺谷を引き離しているが、根本的な解決にはならない。二十四時間、監視することは不可能だ。鷺谷が飽きないかぎり、涼子はまた身体を弄《もてあそ》ばれてしまうだろう。

隣を歩く麻里も黙りこんでいる。

もしかしたら、同じことを考えているのかもしれない。涼子を助けたい気持ちは同じだった。

ふたりが事務所に到着すると、涼子は電話をしていた。

「日本酒を一本ですね」

どうやら、ルームサービスの注文が入ったらしい。涼子は復唱すると、受話器をそっと置いた。

「わたしが行きます」

すかさず麻里が声をあげる。

必要以上にテンションが高いのは、暗い空気を変えたいからだろう。なんとか涼子を元気づけたいと思っているのだ。三郎も同じ気持ちなので、麻里の行動が理解できた。

ところが、涼子は首を左右にゆるゆると振った。直後に笑みを浮かべるが、無理をしてるのがわかって痛々しい。

「ありがとう。でも、わたしが行くから大丈夫よ」

「まさか、ハマナスですか」

三郎は黙っていられずに尋ねた。

いやな予感がする。もしかしたら、鷺谷が涼子を部屋に呼びつけるために、ルームサービスを頼んだのではないか。もし、そうだとしたら、涼子を行かせるわけにはいかない。

涼子は困った表情を浮かべるが、嘘をついても見抜かれると思ったのか、小さく頷いた。

「俺に行かせてください」

三郎に迷いはなかった。

自分にできることは、これくらいしかない。鷺谷はかなり苛立っている。なおさら、男の自分が行くしかなかった。

「サブさん、大丈夫ですか？」

「無理をしないでください」

麻里と涼子が不安げな表情を浮かべる。

そんな顔をされると、なおさら心配になってしまう。しかし、ここで引きさがるわけにはいかない。誰かが行かなければならないのだ。

「ど、どうってことないですよ」

強がってみせるが、恐怖はますますふくらんでいる。今度こそ、殴り飛ばされそうな気がした。

事務所を出ると、厨房で日本酒を受け取り、客室フロアに向かう。

ハマナスの前でいったん呼吸を整えてから、慎重にノックした。しかし、返事はない。引き戸をそっと開いて、恐るおそる足を踏み入れる。

「ルームサービスをお持ちしました」

声をかけた直後、鷺谷が鬼のような形相で迫ってきた。

「いい加減にしろ！」

怒声とともに、いきなり顔面を殴られる。三郎は後方に吹っ飛ばされて、勢いよく廊下に倒れこんだ。かろうじて日本酒の瓶は割れなかったが、床にゴロゴロと転がった。

「どうして、おまえが来るんだっ」

鷺谷の野太い声が館内に響きわたる。

三郎は廊下に尻餅をついたまま、殴られた頬を手で押さえていた。殴り合いの喧嘩《けんか》など一度もしたことがない。完全に気圧されて、恐怖の滲《にじ》んだ目で男の顔を見あげていた。

「女将はどこだっ」

さらに殴りかかりそうな剣幕だ。

鷺谷の顔が赤らんでいるのは、酒を飲んだためなのか、それとも怒りのためなのか。とにかく、巨体で迫られると、恐ろしくてならない。情けないことに足が震えて、立ちあがることもできなかった。

「女将を連れてこいっ」

再び鷺谷の怒声が響く。近くの部屋に泊まっている客たちが、なにごとかと廊下にバラバラ出てきた。

恐怖だけではなく羞恥もこみあげる。こんな姿を人に見られるのは、恥ずかしくてならない。だからといって、逃げ出すこともできなかった。

「お、女将さんを……っ、連れてくるわけにはいきません」

勇気を振り絞って声を絞り出す。

こんなことを言えば、鷺谷が逆上するかもしれない。また殴られるかもしれないと思うと、震えあがるほど恐ろしい。それでも、なんとかして涼子を守りたかった。

「この野郎っ」

鷺谷が迫り、尻餅をついた状態で胸ぐらをつかまれる。拳を大きく振りあげるのが見えた。

（も、もうダメだ……）

反射的に両目を強く閉じる。反撃することなど考えられない。殴られる衝撃に備えて、奥歯を強く食いしばった。

「三郎さんっ」

そのとき、名前を呼ぶ声が聞こえた。

はっとして目を開けると、涼子の姿が視界の隅に映った。慌てた様子で走ってくる。救世主が現れたような安堵《あんど》を覚えると同時に、彼女を近づけてはならないと思った。

「来たらダメですっ」

必死に叫ぶが、涼子は聞く耳を持たずに駆け寄り、尻餅をついている三郎の傍らでひざまずいた。

「大丈夫ですか」

涼子は心配そうに顔をのぞきこみ、目にうっすら涙を滲ませる。両手を伸ばして、三郎の頬にそっと触れた。

「痛っ……」

「ごめんなさい。血が出ています」

どこに持っていたのか涼子はティッシュペーパーを取り出すと、三郎の唇にあてがった。

どうやら、唇の端が切れていたらしい。そういわれてみると、鉄の味が口のなかにひろがっていた。

「す、すみません……」

助けるつもりが、反対に自分が助けられている。これでは本末転倒だ。三郎は情けなくなり、消えてしまいたくなった。

「そんなやつは放っておけよ。おい、女将、酌をしてくれ」

鷺谷はそう言って、床に転がっている日本酒の瓶を拾いあげる。三郎のことなど、まるで眼中にないといった感じだ。

「お断りします」

涼子はきっぱり言いきった。

振り返って鷺谷を見あげる瞳には、怒りの色がはっきり滲んでいる。涼子がこんな態度を取るとは驚きだ。なにしろ、涼子はこれまで鷺谷の理不尽な要求に従ってきた。

　熟れた身体を好きにさせてきたのだ。

　それなのに、これほど怒りを露《あらわ》にしている。いったい、なにが彼女を突き動かしているのだろうか。

（涼子さん……）

三郎は心のなかでつぶやいた。

こんな状況だというのに、凜々《りり》しい姿を目の当たりにして、あらためて惚《ほ》れ直してしまう。涼子の整った横顔から視線をそらせなくなっていた。

「俺にそんな態度を取って、許されると思ってるのか」

鷺谷が凄むが、それでも涼子が怯むことはない。それどころか、ますます鋭い視線でにらみつける。

「わたしには、この旅館と従業員を守る責任と義務があります。あなたのお酌をするのは、わたしの仕事ではありません」

抑えた声から、かえって怒りの大きさが伝わってくる。

これまで女将として冷静に振る舞ってきたが、はじめて感情を露にしているところを目撃した。

「なんだと……」

鷺谷の顔が憤怒でまっ赤に染まっていく。

今にも涼子を殴りそうな勢いだが、廊下に出てきたほかの宿泊客たちがざわついている。

――警察を呼んだほうがいいんじゃないか。

誰かがつぶやく声が聞こえた。

客のなかにはスマホを手にしている人もいて、鷺谷が手を出したとたん、警察に電話をかけそうだ。

「くっ……もういい。覚えておけよ」

さすがにまずいと思ったのか、鷺谷は捨て台詞《ぜりふ》を残して部屋に戻った。

引き戸が勢いよく閉まり、廊下に静寂がひろがる。すると、ほかの宿泊客たちも部屋に戻っていった。

廊下に残っているのは、三郎と凉子のふたりだけになる。

凉子はかなり気を張っていたのだろう。肩から力を抜いて、大きく息を吐き出した。

「大丈夫ですか？」

三郎が声をかけると、彼女は無理をして笑みを浮かべる。

「怖かったけど、大丈夫です。三郎さんこそ大丈夫ですか？」

「はい、なんとか……」

惚れた女性に助けられるとは、男として情けない。一刻も早く、彼女の前から消えたかった。

「で、では、俺はこれで……」

立ちあがろうとして、足もとがふらついた。

「危ないっ」

すかさず涼子が腰に手をまわして支えてくれる。

「す、すみません……」

情けなさに羞恥が加わり、顔が熱くなってしまう。

殴られたことで、脳震盪《のうしんとう》を起こしていたのかもしれない。軽い目眩《めまい》のような症状が出ていた。

「歩けますか?」

涼子がやさしく声をかけてくれる。

隣を見やれば、美しい顔がすぐ近くに迫っていた。澄んだ瞳で見つめられるとドキドキしてしまう。慌てて視線をさげれば、さくらんぼのようにプルッとした唇が目に入った。

(ま、まずい……)

脳震盪のことより、股間が反応しないか心配だ。こんなときに勃起したら、嫌われるのは間違いない。

「も、もう、大丈夫です」

身体が密着しているのは嬉《うれ》しいが、このままでは危険だ。こうしている間にも股間の疼《うず》きが大きくなっていた。

「ひとりで歩けます」

「ダメですよ。危ないからお部屋までいっしょに行きましょう」

涼子は手を腰にまわしたまま離れようとしない。頑《かたく》なに拒絶するのもおかしいと思い、三郎は懸命に心を落ち着かせながら歩きはじめた。

4

「なんか格好悪いところ、見られちゃったな」

三郎は自嘲的につぶやき視線を落とす。従業員宿舎の自室でベッドに座り、羞恥と屈辱にまみれていた。

なぜか隣には涼子が腰かけている。三郎を部屋に送るだけではなく、心配だからと言って残ったのだ。顔面を殴られて軽い脳震盪を起こしたので、気にしてくれていた。

「格好悪くなんてないですよ。三郎さん、すごく素敵でした」

予想外の言葉だった。

三郎はルームサービスを届けにいって、鷺谷に殴り飛ばされた。恐怖に駆られてなにもできないところを涼子に助けられたのだ。

(同情されてるのかな……)

そう思うと、ますます落ちこんでしまう。

うつむいていて黙りこむ。すると、太腿《ふともも》の上に置いていた手を、涼子がやさしく握ってくれた。

柔らかい手のひらの感触が気持ちいい。胸の鼓動が速くなり、緊張感が高まっていく。どうすればいいのかわからず、三郎はうつむいた格好のまま、全身を硬直させていた。

「わたしのこと、助けようとしてくれたのですよね」

穏やかな声が耳に流れこみ、鼓膜を心地よく振動させる。

「でも、なにもできませんでした」

三郎はぽつりとつぶやいた。

思い返すと情けなくて仕方がない。鷺谷を涼子に近づけないことばかり考えていた。その結果、どうなるかということまで想像が働かなかった。

「結局、俺のほうが助けられて……そういえば、女将さんはどうして、あそこにいたんですか？」

　ふと脳裏に疑問が浮かんだ。

　三郎が殴られたあと、すぐに涼子が現れた。あのときは事務所で待機中だったはずなのに、どうしてあれほど早く駆けつけることができたのだろうか。

「三郎さんがルームサービスを届けにいったあと、やっぱり、ひとりでは危ないと思ったんです。鷺谷さんは怒りっぽいところがありますから……」

「それで、追いかけてきたんですか？」

「はい、麻里ちゃんが事務所で待機すると言ってくれたので、ハマナスに向かいました。そうしたら、あんなことに……」

　涼子はそこまで話して口を閉ざした。

「なんか、かえって迷惑をかけてしまって……」

「そんなことはありません。今日はずっとわたしを守ってくれたではありませんか」

　そう言って、涼子は微笑を浮かべる。

「鷺谷さんを引き離してくれて、ありがとうございます」

「お、俺は、なにも……」

三郎の声はどんどん小さくなる。

守りたいという気持ちはあったが、上手《うま》くいったとは言いがたい。結局、鷺谷を怒らせてしまった。今後、鷺谷がどういう行動に出るのかわからない。さらなる警戒が必要だ。

「お気持ちがうれしかったです」

「い、いえ……」

「でも、どうして守ってくれようと思ったのですか？」

涼子が不思議そうに尋ねる。

きっかけは露天風呂だ。涼子が鷺谷に抱かれているのを目撃した。麻里から話を聞いたのは翌日のことだ。鷺谷に借金返済を迫られて、理不尽な目に遭っているという。

(でも、涼子さんはバレていることを知らないんだ)

それなら知らないフリを貫くべきではないか。

鷺谷の言いなりになったのは、女将として旅館を守るための決断だ。とはいえ、かなりつらい思いをしたに違いない。そのことを三郎や麻里が知っているとなれば、涼子はさらに傷つくことになってしまう。

「あの人……鷺谷さんは、危なそうな感じがしたので……女将さんを近づけないほうがいいと思ったんです」

三郎はなにも知らないフリをすることに決めた。

嘘は苦手だが、これは涼子のためだ。そう自分に言い聞かせることで、なんとか自然に振る舞えた。

「そうだったんですね」

涼子が小声でつぶやき、こっくり頷く。三郎の言葉を信じたのか、わずかに安堵の表情が浮かんだ気がした。

「じつは、うちの旅館は、鷺谷さんが経営している不動産屋さんに借金があるんです」

一拍置いて、涼子が意を決したように切り出す。

もともと鷺谷の父親、幸之助が社長だったときに、先代の女将が庭園をひろげるために土地を購入した。地元の発展を願う幸之助の善意で、低金利のローンを組んだ。

ところが、幸之助が亡くなり、息子の勝雄が社長になってから、低金利の約束は反故《ほご》になった。借金の取り立ては厳しくなる一方だという。

ここまでは麻里から聞いていた話と同じだ。そして、鷺谷は涼子を脅して身体の関係を結んだのだ。

「借金を返せないのなら、旅館を渡せと迫られているんです」

「それって、脅しじゃないですか」

「借金があるのは事実です。返せなければ、廃業しなければなりません」

涼子は深刻な顔でつぶやいた。

どこまで卑劣な男なのだろうか。そうやって涼子を脅して、身体を弄んだに違いない。

さすがに旅館を奪われるとなれば、もともとのローンを組んだときの契約もあるので、裁判で争うことになるだろう。勝てたとしても訴訟の噂《うわさ》はひろまり、旅館のイメージはダウンしてしまう。

(だから、涼子さんは……)

亡き夫が残した旅館を守るため、鷺谷の言いなりになるしかなかった。

自分が犠牲になることで旅館を維持できるのなら、この先も耐えつづけていたに違いない。実際、何度か鷺谷に抱かれている。三郎が阻止しなければ、今ごろハマナスの部屋にいたはずだ。

「鷺谷さんに逆らってはいけないと考えていました。ご機嫌を取ることで、旅館を守ろうとしていたんです」

涼子の言葉にだんだん力がこもっていく。

「でも、三郎さんを見て、わたしは間違っていたと気づきました」

「俺を見て……ですか？」

思わず口を挟んだ。ただ殴られただけなのに、なにが彼女に影響を与えたというのだろうか。

「三郎さんの立ち向かう姿勢に感動しました」

「やられてしまったら意味がありません。ろくに喧嘩もしたことがないクセに、格好つけて出しゃばっただけです」

「いいえ、殴られても、屈しなかったじゃないですか」

涼子はそう言って、三郎の顔をのぞきこむ。切れた唇を見ると、申しわけなさげな表情になった。

「こんな怪我《けが》をしても、わたしを守ろうとしてくれたんですね。とっても格好よかったです」

距離が近い。彼女が口を開くと、甘い吐息が鼻先をかすめる。思わず息を吸いこむと、頭がクラクラするほどの興奮を覚えた。

(うっ……)

股間がビクッと反応してしまう。

危険な目に遭った反動かもしれない。慌てて抑えこもうとするが、ペニスは瞬く間にふくらんでいく。作務衣《さむえ》の股間が見るみる盛りあがり、あからさまなテントを張っていた。

(や、やばい……)

焦れば焦るほど、ペニスは硬くなる。

涼子が露天風呂で乱れる姿が脳裏に浮かび、もう勃起を抑えられない。思わず己の股間をチラリと見てしまう。すると、涼子もつられるように、三郎の股間に視線を向けた。

「あっ……」

作務衣のふくらみに気づいて、涼子が小さな声をあげる。

再び顔をあげると、彼女の頬はほんのり桜色に染まっていた。怒るかと思ったが、気を悪くした様子はない。ただ、気まずそうに視線を泳がせている。

「す、すみません……こ、これは、その……」

釈明しようとするが、なにも頭に浮かばない。勃起しているのは事実で、言いわけできなかった。

5

「わたしのせい……ですね」

涼子が頰を赤らめて、ぽつりとつぶやく。三郎は肯定も否定もできず、ベッドに腰かけた姿勢で固まっていた。

「それなら、責任を取らないといけないですね」

作務衣のふくらみに、涼子の手のひらが重なる。包みこむようにして、やさしく撫でまわされた。

「うっ……」

軽く触れられただけなのに、身体がビクッと反応して呻《うめ》き声が漏れる。甘い刺激がひろがり、じっとしていられない。

「ごめんなさい」

涼子がはっとして、股間のふくらみから手を離す。すると、すぐに快感が途切れてしまう。

「痛かったですか？」

「い、いえ……気持ちよくて」

正直に告げると、涼子は楽しげにクスッと笑った。

「それなら……」

再び作務衣の股間に手のひらを重ねる。そして、布地ごしに亀頭をゆったり撫ではじめた。

「ううっ」

またしても呻き声が漏れるが、今度は手を離さない。涼子は三郎の顔を見ながら、手を動かしつづける。

「気持ちいいですか？」

「ど、どうして、こんなこと……」

三郎は困惑して尋ねる。もちろん、いやではないが、どうして涼子がこんなことをしてくれるのかわからない。

「わたしのせいで、大きくなってしまったのですから……」

耳まで赤く染めて、視線をすっとそらす。大胆なことをしておきながら、羞恥を忘れない姿に牡《おす》の欲望が刺激される。ペニスはますます硬くなり、彼女の手のひらを押し返した。

「助けていただいたお礼もしないといけないですし……」

涼子はそう言って、布地ごと太幹をキュッと握る。柔らかい指が、硬い肉棒に巻きついた。

「くうっ」

快感がひろがり、腰に震えが走り抜ける。亀頭の先端から、我慢汁がじんわり溢れるのがわかった。

「こういうお礼の仕方、迷惑ですか？」

「め、迷惑では……」

「よかった」

涼子は安堵したようにつぶやき、作務衣のウエスト部分に指をかけた。

「お尻、あげてください」

そう言われて期待が一気にふくらんだ。

三郎が尻を持ちあげると、すかさず作務衣のズボンが引きおろされる。グレーのボクサーブリーフが露になり、ふくらみの頂点には黒っぽい染みがひろがっていた。

涼子はボクサーブリーフも膝まで引きさげて、勃起したペニスを剝《む》き出しにする。興奮度合いを示すように、これでもかと膨張しているのが恥ずかしい。亀頭はパンパンに張りつめて、竿《さお》は青スジが浮かぶほど硬くなっていた。

「ああっ、すごいです」

涼子がうっとりした声を漏らして、太幹に指を巻きつける。それだけで快感がひろがり、三郎は低い声で呻いていた。

「ううっ……りょ、涼子さん」

「か、硬い……」

さっそく太幹をゆるゆると擦りはじめる。涼子も興奮しているのか、つぶやく声がうわずっていた。

「す、すごいです……こんなに硬いなんて」

「くうっ……」

柔らかい指で擦られるのがたまらない。我慢汁がどんどん溢れて、亀頭がグッショリ濡《ぬ》れていく。やがて汁が竿にもひろがり、彼女の指にも到達する。その結果、ヌルヌル滑る感触が強くなった。

「き、気持ちいいっ、ううっ」

三郎は呻き声を漏らすことしかできない。快楽が押し寄せて、射精欲が盛りあがる。

「お汁がいっぱい……ああっ」

涼子の指の動きが徐々に速くなる。竿だけではなく、濡れたカリを擦られると強烈な刺激が突き抜けた。

「くううッ」

たまらず腰が震えてしまう。

あからさまに感じているのが恥ずかしいが、体の反応は抑えられない。涼子の指がスライドするたび、快感が走り抜ける。我慢汁の量が増えて、股間を突き出すような格好になってしまう。

「そ、そんなにされたら……」

このままザーメンをぶちまけたい衝動がこみあげる。すると、涼子が指の動きを緩めて、濡れた瞳で三郎の顔を見つめた。

「もっと気持ちよくしてあげます」

そう言うなり、上半身を伏せて股間に顔を寄せる。唇が亀頭に触れたかと思うと、そのままぱっくり咥《くわ》えこんだ。

「おおおッ」

熱い吐息に包まれて、柔らかい唇がカリ首に密着する。口のなかで舌がからみつき、亀頭をヌルリッ、ヌルリッと舐《な》めあげた。

「くッ、ううッ、す、すごいっ」

快感がさらに大きくなる。

信じられないことが現実になっていた。あの涼子がペニスを口に含み、舌で亀頭を舐めまわしているのだ。こんなことをしてもらえるとは、夢にも思っていなかった。

(ま、まさか、涼子さんがフェラチオを……)

心のなかでつぶやくことで、快感がさらに跳ねあがる。

唇がゆっくり滑り、竿を呑みこんでいく。根元まですべて口内に収まると、今度は時間をかけて吐き出す。それをスローペースでくり返されて、とろ火で炙《あぶ》るような快楽が押し寄せた。

「ううッ、りょ、涼子さん……」

己の股間を見おろせば、涼子の頭が揺れている。黒髪を結いあげているため、白いうなじが剥き出しなのが色っぽい。着物のうしろ襟から、なめらかな背中の肌がチラリとのぞいていた。

「ンっ……ンっ……」

涼子は微《かす》かに鼻を鳴らしながら、ペニスをしゃぶっている。首を振るたび、ニチュッ、クチュッという湿った音も響いていた。

「お、俺、もう……ううぅッ」

射精欲が限界近くまで膨張している。

首の振り方はゆっくりでも、快感が蓄積することで、睾丸《こうがん》のなかの精液が沸騰してしまう。全身の筋肉に力をこめて耐えようとするが、愉悦の波は次から次へと押し寄せる。

「りょ、涼子さん、そ、それ以上されたら……」

震える声で訴える。このままだと口のなかで暴発してしまう。さすがにそれはまずいと思うが、どういうわけか涼子はペニスを吐き出すどころか、首の振り方を激しくする。

「ンンッ……あふッ……はふンッ」

射精欲を煽《あお》るフェラチオだ。唇で太幹をねぶり、敏感なカリを擦りあげる。リズミカルにしゃぶられて、鮮烈な快感がひろがった。

「おおおッ、も、もう出ちゃいますっ」

これ以上は我慢できない。大声で訴えると、涼子はペニスを根元まで口に含んで思いきり吸いあげた。

「あむうううッ」

「き、気持ちいいっ、で、出るっ、出る出るっ、くおおおおおおおおッ！」

呻き声を響かせて、ついに絶頂の大波に呑みこまれる。涼子の口のなかでペニスが跳ねまわり、先端から大量のザーメンが噴きあがった。

「はンンンンッ」

射精している最中も、涼子はペニスを吸いつづける。そうすることで、精液を放出する快感が跳ねあがり、頭のなかがまっ白になっていく。

「おおおおッ……ぬおおおおおッ」

かつて経験したことのない愉悦が突き抜ける。もう呻くことしかできず、三郎は全身を仰《の》け反《ぞ》らせて快楽に溺れていく。絶頂は驚くほど長くつづき、睾丸のなかが空になるまで精液を放出した。

「ンンっ……」

　涼子は最後までペニスを吐き出すことなく、口のなかに注がれたザーメンを一滴残らず飲みくだす。そして、太幹の脈動が治まるまで、やさしく舌を這わせつづけた。

「ううっ……」

　射精後の尿道口をチロチロと舐められて、くすぐったさをともなう快楽がひろがっている。お掃除フェラの蕩《とろ》けるような愉悦が、全身の細胞を心地よく震わせていた。

「いっぱい出ましたね」

　ペニスが萎えはじめると、涼子はようやく唇を離して顔をあげる。そして、潤んだ瞳でつぶやき、照れたように微笑んだ。

「気持ちよかったですか？」

　ペニスを握ったまま問いかけられて、羞恥がこみあげる。三郎はまともに答えることができず、こっくりと頷いた。

（ああっ、涼子さん……）

　愛《いと》おしさがこみあげて、抱きしめたくなる。

　しかし、その一歩が踏み出せない。涼子は解決しなければならない問題をたくさん抱えている。今、三郎が一方的に想《おも》いをぶつけたところで、迷惑になるだけではないか。

亡き夫が残した旅館の経営と、多くの従業員たちの生活が涼子の肩にのしかかっている。涼子の背負っているものの大きさを考えると、軽率な行動は取れなかった。

第四章　美熟女と燃える冬の夜

1

研修期間も残すところ一週間となっている。

午後になり、三郎と麻里は玄関から外に出た。冷たい風が吹いているが、空は気持ちよく晴れ渡っていた。

陽光が降り注ぐことで、庭園に積もった雪がキラキラと反射する。まともに見ることができないほど、眩《まばゆ》く光り輝いていた。

「きれいだなぁ……」

思わずつぶやくと、麻里が楽しげに笑う。

「サブさん、いつも言ってますね。雪が気に入ったのなら、このまま北海道に住んじゃったらどうですか」

「それもいいですね。ここでの生活にも慣れてきたことだし、宿舎に居ついちゃおうかな」

白い息を吐きながら、そんな冗談を言い合う。

しかし、本当はふたりともわかっている。温泉旅館あまみやが、経営の危機に直面していることを……。

現実から目をそむけているわけではない。自分たちにはどうすることもできないほど大きな問題だ。だからこそ、腐ることなく、日々の仕事を全力でがんばるしかなかった。

雪で彩られた庭園を眺めながら、手分けして玄関まわりを掃除する。バケツに入れた湯で雑巾を絞り、引き戸や窓ガラスを拭いていく。手があかぎれになって痛むが、それより客を気持ちよく迎える準備が優先だ。

きれいになれば、自分たちも気持ちがいい。地味でつらい仕事だが、ようやく働く喜びがわかってきた。

この研修期間で少しは成長したのだろうか。

仕事を覚えようと懸命に働き、少しは形になってきた気がする。チーフマネージャーを務めるホテル月島では、これほど真剣に働いたことはなかった。三郎が変われたのは、すべて涼子のおかげだ。

二週間前、鷺谷に殴られた夜、涼子が口で愛撫《あいぶ》をしてくれた。あれから関係は発展していないが、そんなことは関係ない。とにかく、好きになった女性を助けたい。三郎の胸にあるのはそれだけだ。

自分にできることは限られている。

借金を肩代わりできるわけでもなく、かといって鷺谷を説得できるわけでもない。腕っぷしで敵《かな》うはずもないので、ボディガードの役目もできない。唯一できるのは、仲居として一所懸命に働くことだけだ。

研修が終わるまで、あと一週間しかない。自分の非力さを思い知らされた気分だ。なにもできないことが悔しくてならないが、残された期間だけでも、仲居としてまじめに働くつもりだ。

それにしても、鷺谷が現れていないのが不気味だった。

三郎を殴って以来、一度も来ていない。さすがに暴力はまずいと思ったのだろうか。いや、そんなことを思うくらいなら、最初から涼子に手を出すことはなかったはずだ。

（次に来るときは……）

なにかを企《たくら》んでいるような気がしてならない。おそらく、ただではすまないだろう。

鷺谷がこのまま黙っているとは思えない。

三郎は玄関の掃除をしながら、いつタクシーが到着してもいいように心の準備をしていた。いつも予約を入れないで突然やってくると聞いている。一瞬たりとも気が抜けなかった。

最終的には警察に頼るしかないのかもしれない。しかし、そうなると旅館の名前に傷がつく。老舗《しにせ》であればなおさらだ。イメージダウンの影響は大きく、深刻なダメージとなって経営を悪化させるだろう。結局、旅館を守ることはできなくなるかもしれない。

八方塞がりの状況のなか、それでも涼子はあきらめずにがんばっている。だからこそ、麻里も三郎も応援することをやめなかった。

「きれいになったわね」

麻里が満足げにつぶやいた。

集中して掃除をしていたため、思ったより時間が経《た》ってしまった。晴れているとはいえ気温は低い。気づいたときには、体の芯まで冷えきっており、ふたりともカタカタ震えていた。

急いで館内に戻ろうとしたとき、ふいに車のエンジン音が聞こえた。

一台のタクシーがこちらに向かってくる。なんとなく、いやな予感がして、三郎は内心身構えた。

「お客さまにしては早いけど……」

麻里がぽつりとつぶやく。

まだ午後一時半だ。チェックインは午後二時からなので、客が来るには少し早かった。

(もしかしたら、あいつかも……)

三郎の脳裏には鷺谷の顔が浮かんでいる。

おそらく、麻里も同じことを考えているのではないか。口にこそ出さないが、表情が硬くなっていた。

やがてタクシーが停《と》まり、後部座席のドアが静かに開く。誰かが降りてくるのを、三郎と麻里は緊張しながら見つめていた。

（あれ？）

安堵《あんど》すると同時に拍子抜けする。

タクシーから降り立ったのは、ひとりの女性だった。年のころは三十代後半といったところだろうか。茶色がかったロングヘアは大きくウエーブしており、肩にふんわり垂れかかっていた。

黒いロングのダウンコートを羽織っており、なかには真紅のワンピースを着ている。見事なダイヤのネックレスが輝き、足もとは黒革のロングブーツだ。切れ長の瞳が印象的で、鼻すじがスッと通っている。

（きれいな人だなぁ……）

三郎は思わず見惚《みと》れていた。

少し気は強そうだが、まさに美熟女という感じだ。恐れていた鷺谷ではなかったことで、完全に気が抜けていた。

タクシーの運転手も降りて、トランクから荷物を取り出している。女性はそれを黙って見つめていた。

「ちょっと、ぼんやりしないでください」

隣に立っている麻里が小声でつぶやき、脇腹に軽く肘打ちされる。

「うっ……」

三郎は思わず呻《うめ》いて顔をしかめた。

「あの人、常連さんです。気合を入れないと危険ですよ」

麻里の声はいつになく緊張している。チラリと見やれば、頬があからさまにこわばっていた。

「どうしたんですか？」

思わず小声で問いかける。

これほど緊張している麻里を見たことがない。鷺谷の前では強気な表情だったが、今はどちらかといえば弱気になっていた。

「苦手なんですよ。あのお客さま」

麻里が早口で説明してくれる。

あの美熟女は木下早智恵《きのしたさちえ》。三十八歳の人妻で、夫は美容クリニックを経営しているという。いわゆるセレブ妻で、よくひとりで泊まりに来るらしい。常連客ではあるが、とにかくクレームが多いという。

「うちを気に入って、泊まりに来てるんじゃないんですか？」

不思議な気がして質問する。

常連客ということは、温泉旅館あまみやを気に入っているのだろう。それなのに、クレームが多いというのは矛盾している気がした。

「旦那さんが浮気をしているらしいんです。そのストレスを、わたしたちにぶつけてるんですよ」

麻里は声を潜めて教えてくれる。

どうやら、早智恵の夫は、地元では有名な男らしい。夜な夜な飲み歩いて、多くの女性たちと関係を持っているという。

「子供がいないから、旦那さんはやりたい放題らしいです」

噂《うわさ》がひろまっているから、なおさらストレスなのかもしれない。

それでも早智恵が離婚しないのは、やはり経済力があるからだろう。夫の美容クリニックは、かなり繁盛しているらしい。だから、夫の浮気に気づいていながら、見て見ぬフリをしているのだ。

「奥さん、気の毒ですね」

三郎がつぶやくと、麻里は一拍置いてから再び口を開いた。

「同情しても、いいことはないですよ」

「そんなにひどいんですか？」

小声で尋ねたとき、早智恵とキャリーバッグを抱えた運転手がやってきた。

「いらっしゃいませ。お待ちしておりました」

すかさず、三郎と麻里は頭をさげる。

お決まりの挨拶だが、頭をあげると早智恵は腰に手を当てて、不機嫌そうな顔をしていた。

「本当は待ってなかったでしょ」

いきなりの先制パンチだ。

それを聞いた瞬間、麻里が苦手としているのがわかった気がした。こんなことでからんでくるようでは、先が思いやられる。ただでさえ大変なときに、面倒な客が来てしまった。

麻里は硬い表情で黙りこんでいる。三郎もとっさになにも思い浮かばない。返答を間違えれば、逆鱗《げきりん》に触れるのではないか。さらにクレームをつけられる可能性を考えると、下手なことは言えなかった。

「ところで、あなた」

早智恵が三郎の前で立ちどまる。そして、めずらしいものでも発見したように顔をのぞきこんできた。

「見ない顔ね」

「は、はい。三週間ほど前に入りました」

説明するとややこしいので、研修だということは黙っておく。心のなかでは早く立ち去ってくれと願っていた。しかし、早智恵は興味を持ったのか、さらに言葉をかけてきた。

「ここで男性の仲居は少ないわよね。あなた、お名前は？」

「つ、月島三郎です」

背すじを伸ばして答える。

緊張しているせいで、無駄に声が大きくなってしまう。すると、早智恵は迷惑そうに眉をしかめた。

「三郎ね」

なれなれしく名前で呼ぶが、なぜかいやな感じはしない。高飛車な雰囲気の早智恵には、それくらいのほうが似合っている気がした。

早智恵は名前を聞いて満足したのか、急に興味を失ったように三郎の前を通りすぎた。

（よかった……）

ほっとして小さく息を吐き出す。

クレームをつけられるのかと思ってドキドキした。時間は少し早いが、とにかくチェックインの手続きをするためフロントに向かった。

2

「木下さま、いらっしゃいませ。お持ちしておりました」

フロントに立った涼子が、頭を深々とさげる。

「お久しぶり。本当に待っていたのかしら？」

早智恵は女将にも平気でからむ。多少、口調は柔らかいが、また面倒なことを言い出した。

「もちろんです。到着されるのを、首を長くしてお待ちしておりました」

さすがは女将だ。微笑をたたえたまま、言葉につまることなく穏やかな声で答える。

（やっぱり、すごいな……）

三郎はあらためて涼子に惹《ひ》きつけられた。

ふだんは物静かな女性だが、客の応対は完璧だ。早智恵の意地の悪いからみをさらりとかわして、宿帳を差し出した。

「こちらにご記帳、お願いいたします」

「女将はしっかりしているわね」

早智恵はそう言いながらペンを手に取った。

「恐れ入ります」

涼子が落ち着いた声で答えて頭をさげる。セレブ妻を前にしても、怯《ひる》むことなく堂々としていた。

「でも、若い子たちはまだまだね。女将を見習ってほしいわ」

どうやら、涼子のことは認めているらしい。ストレスをぶつけているのは事実としても、いわゆるクレーマーとは違う気がした。

「しっかり教育しておきます。では、お部屋にご案内いたします」

涼子がフロントから出ようとするのを、早智恵が手で制する。

「三郎にお願いするわ」

予想外の言葉だった。

早智恵はロビーで見守っていた三郎をチラリと見やり、さっさとエレベーターに向かって歩き出す。

「三郎さん」

涼子に呼ばれて、カウンターごしに客室の鍵を渡される。

「お部屋はナナカマドです。お願いしますね」

「どうして、俺なんですか？」

不安になって尋ねると、涼子は穏やかな笑みを浮かべた。

「気に入られたのかもしれませんね。悪い人ではないですよ」

そう言われても、気持ちは乗らない。できることなら、誰かに代わってもらいたかった。

「麻里さん……」

近くで見ていた麻里に声をかける。ところが、交代を頼む前に、麻里は首を左右に振った。

「わたしは無理です。サブさん、ご指名なんだから、がんばってください」

「そんな……」

「ほら、待たせると機嫌が悪くなってしまいますよ」

確かに麻里の言うとおりだ。早智恵の機嫌を損ねると、よけい面倒なことになりかねない。三郎はキャリーバッグをつかむと、急いでエレベーターホールに向かった。

「遅いじゃない」

やはり早智恵は待たされたことでむっとしている。これ以上、苛々《いらいら》させるのは危険だ。

「す、すみません。すぐにご案内いたします」

下手な言いわけは逆効果になるのではないか。とにかく、謝罪してエレベーターに乗りこんだ。

ふたりきりになると、ますます緊張してしまう。

ホテル月島でさまざまな客と接してきたが、押しの強い熟女は正直なところ苦手なタイプだ。

こういうとき、普通は仲居のほうから軽く話しかけるものだが、なにも頭に浮かばない。なにしろ早智恵は常連客なので、旅館のことは知りつくしているだろう。もしかしたら、三郎より詳しいかもしれない。だからといって、天気の話なとしても、つまらないと言って怒られそうだ。

結局、無言のままエレベーターを降りて廊下を歩き、客室の前に到着してしまった。

「こちら……ナナカマドです」

引き戸を開ければ、早智恵は黙って部屋に入っていく。三郎はキャリーバッグを運びこむと、一礼して静かに立ち去ろうとする。

「ちょっと待ちなさい」

鋭い声で呼びとめられた。

「は、はいっ」

慌てて立ちどまり、背すじをピンッと伸ばす。緊張感が張りつめて、額ににじんわりと汗が滲《にじ》んだ。

「部屋の説明はしないの？」

「も、もう、ご存知かと……」

「もちろん、知っているわ。でも、黙って出ていくのは違うでしょう」

確かに早智恵の言うとおりだ。仲居にはマニュアルがあり、お客さまを部屋に案内したとき、簡単な説明をすることになっていた。

「も、申しわけございません」

三郎は部屋の奥に進むと、窓の前に立った。

「こちらから庭園をごらんにいただけます。当旅館は、全室が庭に面しており、春から夏にかけては緑が――」

「もういいわ」

三郎の説明は、早智恵の不機嫌そうな声で遮られる。

「麻里から何十回も聞いてるわ。お決まりの文句ではなく、あなたのオリジナルの説明はないの？」

「そ、それは……今のところは……」

「つまらないわ。行っていいわよ」

機嫌を損ねてしまったらしい。早智恵はそっぽを向くと、出ていけと言うように右手をヒラヒラさせた。

「し、失礼いたします」

三郎は頭をさげて、部屋をあとにする。

廊下に出ると、早足で部屋から離れて角を曲がった。確実に姿が見えないところまで来て、大きく息を吐き出した。

今ので嫌われただろうか。

もし、そうなら二度と呼ばれないかもしれない。それはそれで残念だが、気分的には楽だった。

（麻里さんにお願いするしかないな……）

いずれにせよ、三郎には荷が重すぎる。

苦手だと言っていたが、ここは麻里にまかせるのがいちばんだ。三郎の接客で満足させられるはずがなかった。

額に滲んだ汗を拭うと、一階に降りて事務所に戻る。すると、涼子と麻里がにこにこしながら待っていた。

「お疲れさまです。いかがでしたか」

涼子が声をかけてくれる。

しかし、完璧でしたと答えられないのが残念だ。三郎は首を小さく左右に振ってから、がっくりとうつむいた。

「すみません、嫌われたみたいです」

正直に告げると、悔しさがこみあげる。涼子の力になりたかったのに、現実は理想にはほど遠かった。

「そんなに落ちこまなくても大丈夫ですよ」

やさしい言葉をかけられると、なおさら情けなくなってしまう。どうして、もう少しがんばれなかったのかと自分を責めた。

「わたしも、ずいぶん叱られました」

麻里が懐かしそうにつぶやく。そして、やさしげな微笑を浮かべて三郎を見つめた。

「そうね。麻里ちゃんもたくさん叱っていただいたわね」

涼子も昔を思い出すように目を細める。そして、再び三郎に向き直った。

「木下さんは、新人を育ててくださるのよ」

「育てる……」

「ええ、三郎さんの場合は、純粋な新人ではないけど、木下さんはそこまでご存知ではないから……厳しいかもしれないけど、がんばってくださいね」

涼子にそう言われると、がんばれるような気がするから不思議だ。

「でも、もう呼ばれないと思います」

「そんなことありませんよ。先ほど内線電話があって、食事の支度も三郎さんにお願いしたいとのことでした」

「えっ……」

思わず絶句してしまう。

嫌われていないのはよかったが、気が重いのも事実だ。そもそも、夕飯の支度をするのに、仲居を指定する客など聞いたことがない。やはり、早智恵は扱いに気を遣う客だった。

3

指定されたとおり、ナナカマドの部屋食は三郎が運んだ。

細心の注意を払ったつもりだが、たくさん注意された。食器を置くときに音を立てた。箸がそろっていない。きちんと正座をして配膳しろ。などなど、とにかく細かい。

「高級な宿なんだから、適当なことをしないでちょうだい」

「はい、すみません」

三郎は注意を受けるたびに頭をさげた。

まったく反発を覚えなかったと言えば嘘《うそ》になる。しかし、客の要望にできる限り応えるのは、ホテルでも同じことだ。早智恵の言葉に反論することなく、素直に従った。

食器をさげるときも、注意はつづいた。

来るタイミングが遅い。なにか気の利いた話はないのか。さらには酒の相手をしろ、などという理不尽な要求まである。食事中にビールを飲んだことで、言動が脱線しつつあった。

「わたしの相手ができないってわけ？」

「申しわけございません。食器をさげたあと、客室の布団を敷かなければいけないんです」

三郎は謝罪するが、早智恵は不服そうだ。

「それなら、温泉に入ってこようかしら」

「いってらっしゃいませ。その間にお布団を敷かせていただきます」

入浴を勧めると、早智恵は備えつけの浴衣《ゆかた》を持って大浴場に向かった。

そのあとは仲居が総出で布団敷きだ。各客室をまわり、次々と布団を敷いていく。これが結構な重労働で、腰を痛める人も多いという。慣れてきたからといって油断は禁物だ。

なんとか布団を敷き終えると、事務所に戻って待機する。

あとはルームサービスの注文などを受けて、午後十一時になったらこの日の業務は終了だ。

すると、さっそく内線電話が鳴った。

「はい……かしこまりました」

電話を取ったのは涼子だ。短いやり取りをして受話器を置くと、三郎に向き直った。

「赤ワインの注文が入りました。ナナカマドに行ってもらえますか」

「もしかして……」

「三郎さんに来てほしいとのことです。グラスはふたつだそうです」

涼子は申しわけなさそうにつぶやいた。

やはり、早智恵の指名だ。また酒の相手をしろと言われるに決まっている。以前の三郎だったら、いやになって投げ出していただろう。しかし、涼子の力になりたいという気持ちが強かった。

「わかりました。行ってきます」

三郎は気合を入れて返事をする。

早智恵の相手は大変だが、できる限りのことはするつもりだ。厨房《ちゅうぼう》でワインとグラスを受け取り、客室フロアに向かう。

ナナカマドの引き戸をノックすると、すぐに返事があった。

「どうぞ」

「失礼いたします。ルームサービスをお持ちしました」

引き戸を開けて部屋に入る。

すでに布団が敷いてあるため、座卓は壁ぎわに寄せてある。その前に座布団が双《ふた》つ並んでおり、浴衣姿の早智恵が横座りしていた。

(風呂あがりか……)

つい視線が吸い寄せられる。

濡《ぬ》れた髪が浴衣の肩にかかっているのが色っぽい。裾からのぞいている素足はドキリとするほど白かった。

「なにを見ているの。失礼じゃない」

早智恵がすかさず指摘するが、気分を害している様子はない。どちらかといえば、見られることで優越感を覚えているようだ。

「し、失礼しました」

「まあ、いいわ。ここに座りなさい」

そう言って、隣の座布団を軽くポンポンとたたく。

今度はつき合わなければならない。グラスをふたつ持ってくるように言ったのは、酒の相手をさせるためだろう。

三郎は座布団の上で正座をすると、ワインのボトルを座卓に置いた。

「こちらでよろしいでしょうか」

「いいわ」

早智恵が満足げに頷《うなず》く。そして、三郎の顔を見つめた。

「三郎も飲めるんでしょう？」

「あまり強くはありませんが」

そこそこ飲めるほうだが、朝までつき合わされたらたまらない。念のため予防線を張っておく。

「一杯くらい、つき合いなさいよ」

「いただいてもよろしいですか」

「もちろんよ。ひとりで飲んでも淋《さび》しいでしょ」

早智恵がそんなことを言うとは意外だった。

勝ち気に見えるが、夫の浮気で思った以上に傷ついているのではないか。それを隠すために、意地を張っているだけかもしれない。

「では、お注《つ》ぎします」

栓を抜いて、ふたつのグラスにワインを注ぐ。

赤々とした液体が、妙に艶《なま》めかしく感じるのは、浴衣姿の美熟女とふたりきりのせいだろうか。

「では、乾杯」

早智恵がグラスの脚を持ち、軽く掲げる。そして、ぽってりとした唇をグラスにつけた。

「悪くないわね」

「いただきます」

三郎もグラスを掲げて、ひと口飲んだ。

「おいしいです」

「気に入ったのなら、遠慮しないで飲んでいいわよ」

そう言うと、早智恵はワインを飲みほした。

それを見たら、三郎も飲まなければいけない気持ちになる。つき合いとはいえ、女性だけに飲ませるわけにはいかない。グラスに残っていたワインを喉に流しこんだ。

「あら、いい飲みっぷりじゃない」

早智恵が嬉《うれ》しそうな声をあげる。そして、空になったグラスにワインを注いでくれた。

「あっ、そんなに飲めないんで」

「今さら、なに言ってるのよ。本当は飲めるんでしょう」

「いえいえ、お注ぎします」

三郎はボトルを手にすると、早智恵のグラスに注いでいく。

「気が利くわね。じゃあ、乾杯」

「か、乾杯」

断って彼女の機嫌が悪くなるのは避けたい。そんなことをしているうちに、流されるまま飲む羽目になってしまう。

「飲める人が入ってくれてうれしいわ。麻里は仕事はできるけど、あまりお酒が強くないのよね」

「そうなんですか」

「そうなのよ。女将は忙しいから、誘うのも悪いでしょう。ほかの仲居はつまらないし……これからは、三郎を指名させてもらうわ」

早智恵はすっかりご機嫌になり、ワインをどんどん注いでくれる。

しかし、三郎が研修で来ていることを知らない。失敗したと思うが、黙っているわけにはいかなかった。

「じつは、ここにいるのは、あと一週間だけなんです」

「どういうこと？」

早智恵が首を傾《かし》げる。

三郎はもともと伊豆のホテルで働いていて、ここには研修で来ていることを告げた。

「そうだったのね」

機嫌が悪くなることを危惧していたが、早智恵は意外にも穏やかな表情を浮かべている。

「新人にしては、しっかりしていると思ったのよ」

「いいえ、自分なんて全然……そもそも、仕事ができないから研修を受けることになったわけでして……」

「細かいことをいろいろ言ったけど、いちばん大切なのは仕事に取り組む姿勢だと思うの。三郎は一所懸命やっていたわ」

早智恵はうるさく言うだけではなく、三郎のやる気をチェックして、評価していたらしい。だから、失敗しても突き放さなかったのだろう。

「三郎なら大丈夫よ。どこにいっても通用するわ」

やさしい言葉をかけられて、胸にこみあげるものがあった。

「ありがとうございます。でも、俺なんて、まだまだです」

礼を言うと、早智恵は目を細めて微笑《ほほえ》んだ。

「わたしのことは、もう聞いてるわよね？」

「え、ええ、まあ……」

「こうして、ひとりで温泉に来て、ストレスを発散してるの。淋しい女だと思うでしょう」

早智恵は自嘲的につぶやき、視線を落とす。

肯定するわけにもいかず、三郎は黙りこんだ。すると、早智恵が身体《からだ》をすっと寄せてきた。

「いなくなるんだったら、後腐れがなくていいわね」

いったい、どういう意味だろうか。

三郎が首を傾げると、早智恵は唇の端に意味深な笑みを浮かべる。そして、至近距離から目をまっすぐ見つめた。

「わたし、淋しいの……慰めてくれないかしら」

「な、慰めるというと？」

聞き返す声が震えてしまう。

熟れた女体が密着して、三郎の左肘が浴衣の上から乳房にめりこんでいる。柔らかい感触にドキリとして見やれば、浴衣の襟が乱れて白い乳房の谷間がのぞいていた。

「夫が抱いてくれないから、持てあましているのよ」

早智恵の夫は浮気をしているという話だ。妻のことは見向きもせず、若い女の尻を追いかけているのかもしれない。

「今夜だけでいいの……」

「あ、あの……ど、どういうことなのか……」

惚《とぼ》けてごまかそうとする。しかし、女体を押しつけられて、胸の鼓動がどんどん速くなっていた。

「子供じゃないんだから、わかるでしょう」

早智恵はそう言うと、さらに顔を寄せて唇を重ねる。

突然の口づけだ。そのまま舌が入ってきたかと思えば、口のなかを舐《な》めまわされる。舌をからめとられて、唾液ごと吸いあげられた。

（ま、まさか……）

こんな展開は、まったく予想していなかった。

激しく動揺して身動きできない。いやなわけではないが、客とこんなことをしてはいけないという思いがある。しかし、舌を吸われて、頭の芯がジーンと痺《しび》れていく。

（ま、待ってください……）

心のなかでつぶやくだけで声にならない。

流されてはいけないと思う。だからといって、突き放すわけにもいかない。どうすればいいのかわからないまま、延々とディープキスを交わしていた。

「はンンっ」

早智恵が色っぽく鼻を鳴らしながら、三郎の舌を執拗《しつよう》に吸いあげる。

逡巡《しゅんじゅん》しているうちにキスはどんどん濃厚になっていく。気づくと三郎も自ら舌を伸ばして、彼女の口内を舐めまわしていた。

（お、俺は、なにを……）

いけないと思っても、もうやめることができない。

早智恵のねちっこいキスに流されて、唾液を何度も交換している。舌を吸い合うことで、全身の血液が沸き立つような興奮を覚えていた。

4

「ねえ、触って……」

早智恵は三郎の手を取ると、自分の胸もとへ導いた。

手のひらが浴衣の上から乳房のふくらみに重なり、思わず揉《も》みあげてしまう。すると指先が柔肉のなかに沈みこむのがわかった。

（ノ、ノーブラだ……）

この感触は間違いない。ブラジャーの硬いカップが感じられず、浴衣の薄い生地ごしに乳房の柔らかさが伝わってきた。

「あぁンっ」

早智恵が甘い吐息を漏らして身をよじる。

そんな反応をされると、ますます興奮してしまう。三郎は彼女の唾液を味わいながら、浴衣ごしに乳房をこってり揉みしだいた。

しかし、すぐに物足りなくなる。直接、乳房に触れてみたい。薄いとはいえ浴衣が邪魔で仕方がない。この大きくて柔らかいふくらみを、じかに思いきり揉んでみたかった。

（で、でも、やっぱり……）

客に手を出すのはまずいと、頭の片隅で思っている。浴衣の襟の隙間に手を入れたいが、まだ理性がストップをかけていた。

「うっ……」

そのとき、股間に甘い刺激がひろがり、思わず呻き声が漏れる。

早智恵の手のひらが、作務衣《さむえ》の股間に重なっていた。布地ごしにペニスをつかまれて、ゆるゆるしごきはじめたのだ。すでに勃起している太幹に、柔らかい指がしっかり巻きついている。

「もう、こんなに……」

早智恵は唇を離すと、息がかかる距離でささやいた。瞳はしっとり濡れており、欲情しているのは明らかだ。

「さ、早智恵さん……」

思わず名前を呼ぶと、早智恵はうれしそうに目を細める。そして、肉棒をグイグイしごきはじめた。

「ううっ……」

またしても呻き声が漏れてしまう。

瞬く間に快感がふくれあがり、頭の芯が痺れはじめる。たまらず腰が左右に揺れて、亀頭の先端がじっとり濡れるのがわかった。

「感じてるのね……フフッ、かわいいわ」

早智恵が妖艶な笑みを浮かべる。

かわいいと言われて恥ずかしくなるが、快感はどんどん大きくなっていく。しかし、頭の片隅では、やめなければと思っている。客と関係を持ってはいけないと理性がささやいていた。

「や、やっぱり、これ以上は……」

なんとか言葉を絞り出す。ところが、ペニスをキュッと握られると、股間から全身へと快感の波がひろがっていく。

「くううッ」

「オチ×チン、こんなに硬くして、説得力がないわよ」

「で、でも……」

「まじめなのね。なおさら、いたずらしたくなっちゃうわ」

早智恵はそう言って、三郎の作務衣を脱がしはじめる。上着をあっさり奪い取り、下着のシャツも頭から抜いてしまう。さらにズボンをおろすと、ボクサーブリーフにも指をかけた。

「ま、待ってください」

「待たないわ」

三郎の声はあっさり無視されて、最後の一枚も奪われる。これでもかと勃起したペニスが、鎌首をブルンッと振って剝き出しになった。

「ああっ、素敵、立派なモノを持ってるじゃない」

早智恵が感嘆の声をあげる。そして、さっそく太幹をじかに握りしめた。

「ううッ、そ、そんな……」

「ナマのほうが気持ちいいでしょう」

ペニスを擦られて、またしても快感が湧きあがる。

柔らかい指と手のひらの感触が伝わり、布地ごしとは比べものにならないくらい気持ちいい。先走り液がドクドク溢《あふ》れて、彼女の指を濡らしていく。それが潤滑油となり、愉悦はどんどんふくれあがる。

「が、我慢できなくなってしまいます」

「いいのよ。我慢できなくなっても」

早智恵の指が亀頭をヌルリと撫《な》でて、さらなる快感が突き抜けた。

「くうぅッ、そ、そんなことされたら……」

全身が震えるほどの愉悦がひろがり、欲望を抑えられなくなる。三郎はついに浴衣のなかに手を滑りこませて、乳房をじかに揉みあげた。

「ああっ……」

指をめりこませた瞬間、早智恵の唇から甘ったるい声が響きわたる。

乳房はたっぷりしており、溶けてしまいそうなほど柔らかい。ほんの少し力を入れるだけで、指がどこまでも沈みこんでいく。柔肉の感触に陶然となり、夢中になって揉みつづける。

(す、すごい……なんて柔らかいんだ)

興奮が押し寄せて、自然と呼吸が荒くなる。

乳房を揉んでいる間も、早智恵はペニスをしごいていた。互いの身体をまさぐり合うことで、気分がどんどん盛りあがる。乳首をそっと摘《つ》まめば、女体に小刻みな震えが走り抜けた。

「はンンっ……もう我慢できない」

早智恵は喘《あえ》ぎまじりにつぶやき、自ら浴衣を脱いでいく。これで女体にまとっているのは、黒いパンティ一枚だけだ。

大きな乳房が剝き出しになり、タプンッと弾む。釣鐘形のたっぷりしたふくらみだ。乳首は濃い紅色で、すでに硬くとがり勃《た》っている。大きめの乳輪もドーム状に隆起していた。

全体的に脂が乗っており、熟女らしいむっちりとした身体つきだ。早智恵はパンティに指をかけると、腰をくねらせながらおろしはじめた。

（おおっ……）

股間の陰毛が見えた瞬間、三郎は思わず腹の底で唸《うな》った。

まるでジャングルのように生い茂っており、恥丘を覆いつくしている。とくに手入れはせず、自然にまかせているらしい。濃厚な陰毛が卑猥《ひわい》で、ついつい前のめりになって凝視した。

「そんなに見られたら、恥ずかしいわ」

自ら脱いでおきながら、早智恵は恥じらいを忘れない。顔をまっ赤に染めあげて、しどけなく横座りしている。

「す、すごく、おきれいです」

三郎はかすれた声でつぶやいた。

お世辞を言ったわけではない。ふくよかな女体は息を呑《の》むほど美しく、牡《おす》の欲望を激しくかき立てた。

「こっちに来て……」

早智恵に手を引かれて、布団の上に移動する。

ふたりで並んで腰をおろしたときには、期待と興奮で居ても立ってもいられなくなっていた。波打つ乳房を目にして、もう我慢できなかった。

「早智恵さんっ」

三郎は女体を仰向《あおむ》けに押し倒すと、いきなり乳房にむしゃぶりついた。乳首を口に含んで、舌を這《は》いまわらせる。硬く充血した乳首を、口のなかでネロネロと転がした。

「ああっ、三郎っ」

早智恵の喘ぎ声が客室に響きわたる。

艶めかしい声が耳に流れこみ、さらに欲望が刺激される。乳房を揉みあげながら、双つの乳首を交互に舐めまわす。舌で唾液を塗りつけては、チュウチュウと吸いあげた。

「あっ……あっ……」

早智恵は切れぎれの喘ぎ声を漏らして、両手で三郎の頭を抱えこむ。もうたまらないといった感じで、熟れた女体をくねらせた。

「ね、ねえ、お願い……」

その言葉だけで、早智恵が求めているものを理解する。

我慢できなくなっているのは三郎も同じだ。乳房から顔をあげると、早智恵の両膝を押し開いた。

「ああっ……」

羞恥にまみれた声とともに、女の割れ目が露《あらわ》になる。

二枚の陰唇は赤黒くて、愛蜜にまみれていた。少し形崩れした花弁が、ヌラヌラと濡れ光っているのが生々しい。三郎の視線を感じて興奮したのか、物欲しげに蠢《うごめ》いていた。

「こ、これが、早智恵さんの……」

「いやよ、そんなに見ないで」

そう言いながら、股間を隠すことなく晒《さら》している。まるで誘うように腰を左右に揺らしていた。

「お、俺、もう……」

三郎はいきり勃ったペニスの先端を割れ目に押し当てると、そのまま体重を浴びせかける。亀頭が二枚の女陰を巻きこみながら、華蜜を湛《たた》えた膣《ちつ》にズブズブと埋まっていく。

「はああッ、い、いいっ」

女体が仰《の》け反《ぞ》り、甲高い喘ぎ声がほとばしる。

膣口が瞬間的に収縮して、カリ首に思いきり食いこむ。膣道全体が大きくうねり、太幹を奥へ奥へと引きこんでいく。

「くおおおッ」

快感の波が押し寄せて、勢いのままペニスを根元まで挿入する。亀頭が深い場所まで入りこみ、膣襞《ひだ》が歓迎するように波打った。

熟れた人妻の膣はトロトロに蕩《とろ》けきっている。驚くほど柔らかいのに、締めつけは強烈だ。ペニス全体が絞りあげられて、まだ挿入しただけだというのに鮮烈な快感がひろがった。

「さ、早智恵さん……う、動いていいですか」

尋ねておきながら、返事を待たずに動きはじめる。両手で腰をつかみ、ペニスを力強く出し入れした。

「ああッ、こ、これ、あああッ、これが欲しかったの」

早智恵の唇から喘ぎ声が溢れ出す。よほど欲情していたのか、三郎の腰の動きに合わせて股間をしゃくりあげる。ペニスがより深くまで入りこみ、膣道の深い場所を亀頭が擦った。

「き、気持ちいいっ、おおおッ」

三郎も呻きながら腰を振る。

快感が快感を呼び、抽送速度が自然とあがっていく。張り出したカリで膣壁をえぐれば、女体はより激しく反応する。女壺が猛烈に締まり、太幹をギリギリと絞りあげた。

「す、すごいわ、もっと、あああッ、もっとしてっ」

早智恵が恥も外聞もなくピストンをねだりはじめる。

それならばと、三郎は全力で腰を振り、ペニスを思いきりたたきこむ。抽送速度はどんどんあがり、華蜜の弾《はじ》ける湿った音が響きわたった。

「おおおッ……おおおおッ」

「ああッ、い、いいっ、あああッ」

三郎の呻き声と早智恵の喘ぎ声が交錯する。ふたりは息を合わせて腰を振り、瞬く間に高まっていく。

「くううッ、も、もうっ」

快感が全身の細胞を焼いている。三郎は女体に覆いかぶさると、早智恵の首スジに顔を埋めてキスをした。

もう昇りつめることしか考えられない。燃えあがる欲望にまかせて、ペニスを力強く出し入れする。カリで膣壁をえぐっては、亀頭の先端で子宮口を何度もノックした。

「ああッ、いいっ、いいわっ」

切羽つまった声を響かせて、早智恵が絶頂への急坂を駆けあがる。両手を三郎の背中にまわすと、ヒイヒイ喘ぎながら爪を立てた。

「ううッ……お、俺っ、もうっ」

背中に食いこむ爪の刺激さえ、快感に変わっていく。遠くに見えていた絶頂の大波が、轟音《ごうおん》とともに迫ってくる。三郎はペニスを勢いよく出し入れして、いよいよ悦楽の嵐に身をまかせた。

「おおおッ、で、出るっ、出る出るっ、くおおおおおおッ！」

膣のなかでペニスが脈打ち、精液が勢いよくほとばしる。凄《すさ》まじい快感が突き抜けて、雄叫《おたけ》びをあげながら射精した。

「はあああッ、い、いいっ、気持ちいいっ、あぁああああああッ！」

よがり泣きを振りまき、早智恵が絶頂に昇りつめる。女体が激しく波打ち、射精しているペニスを思いきり締めつけた。

快感がさらに大きくなり、ザーメンをドクドク放出しつづける。うねる蜜壺のなかで射精するのは、頭のなかがまっ白になるほどの快楽だ。射精は延々とつづき、やがて全身の筋肉が痙攣《けいれん》した。

三郎と早智恵は並んで横たわっている。

ふたりとも口を開くことなく、呼吸をハアハアと乱していた。強烈なセックスの快楽にまみれて、頭の芯まで痺れている。なにも考えられなかったが、ようやく意識がはっきりしてきたところだ。

「ありがとう……」

早智恵がぽつりとつぶやいた。

隣を見やると、早智恵はぼんやり天井を見つめている。しかし、その言葉は三郎に向けられたものに間違いない。

「俺は、なにも……」

どう返せばいいのかわからず言葉を濁した。

ただ欲望のままにセックスしただけだ。お礼を言われるようなことは、なにもしていなかった。

「これで溜飲《りゅういん》がさがったわ」

おそらく、夫のことだろう。自分も浮気をしたことで、多少なりとも気分が晴れたのかもしれない。

「今度は女将を助けてあげたら？」

早智恵の言葉にはっとする。

「経営、大変なんでしょう」

「どうして、それを……」

三郎は想わず息を呑んだ。

いったい、どこまで知っているのだろうか。涼子や麻里が旅館の内情を客に話すとは思えない。では、早智恵はどこから情報を得たのか、まったく想像がつかなかった。

「常連だもの、なんとなくわかるわ」

詳しいことは知らなくても、なにかあったと気づいている。早智恵は旅館の行くすえを心配していた。

「あと一週間で、研修が終わるって言っていたわよね」

「はい……」

「本当に帰ってしまうの？」

「俺にできることは、なにも……」

これまでも、さんざん考えてきたことだ。涼子を助けたい気持ちはあるが、自分ひとりではどうにもならない。なんとかしたいが、今のところ方法は見つかっていなかった。

「やり残したことが、あるんじゃない？」

早智恵の言葉が胸に突き刺さる。

確かに、このまま立ち去るのは違う気がする。だからといって、どうすればいいのかわからない。

「無責任なことを言ってごめんなさい。でも、三郎なら、女将の力になれる気がしたのよ」

早智恵が穏やかな声で語る。

本当に自分などが涼子の力になれるだろうか。願うだけでは助けられない。好きになった人を守れる力がほしかった。

「わたしの勘って、結構、当たるのよ」

早智恵はそう言うと、自信に満ちた笑みを浮かべた。

第五章　夢の終わりとはじまり

1

スマホのタイマーの音で目が覚めた。

時刻は早朝五時三十分だ。最初のころは起きるのが大変だったが、今はこの生活に体がすっかり慣れていた。

トイレで用をすませると、顔を洗って宴会場に向かう。まだ午前六時前で三郎がいちばん乗りだ。誰かが来るのを待つことはない。さっそくお膳と座布団を並べはじめる。

「おはようございます。早いですね」

しばらくすると、涼やかな声が聞こえた。顔をあげると、涼子が宴会場に入ってきたところだった。

「おはようございます。女将さんも早いですね」

三郎は意識的に明るい声で挨拶する。

大きな問題を抱えているが、落ちこんでいても解決するわけではない。たとえ空元気でも、前を向いていたかった。

研修も残すところあと一日だ。

今日、仲居として働けば、明日の朝、伊豆へ帰ることになっている。涼子と離れるのは淋《さび》しいが、最初から研修期間は一か月と決まっていた。

ホテル月島に戻れば、再びチーフマネージャーとして働くことになる。朝食の準備を手伝う必要はないし、掃除をすることもなく、布団のあげおろしをすることもない。各部門の専門スタッフがいるので、三郎は接客とフロント業務に専念することになる。

社長の息子ということで、どうしても周囲の人たちが気を遣う。チーフマネージャーとは名ばかりで、いてもいなくても同じような存在だ。三郎が手を抜こうと思えば、いくらでも楽ができる。極端な話、三郎がいなくてもホテルの業務に支障が出ることはない。

しかし、本当にそれでいいのだろうか。

三郎が楽をすると言うことは、それだけほかの従業員に負担をかけるということだ。温泉旅館あまみやでは、女将の涼子がもっとも働いている。積極的に動いて、あらゆる仕事に手を貸していた。

上の者が働く姿を見て、ほかの従業員たちが手本にする。

それが理想の形なのかもしれない。実際、麻里のように若くてもしっかりした仲居が育っている。

三郎も確実に涼子の影響を受けていた。以前は楽をすることしか考えていなかったが、今は手が空けば自ら仕事を探すようになっている。研修に来る前とは仕事に対する意識が変化していた。

(でも、涼子さんは……)

もう女将をつづけられないかもしれない。

借金の取り立てが、日々厳しさを増しているのだ。とはいっても、鷺谷は三郎を殴った日から旅館を訪れていない。その代わり、頻繁に電話をかけてくる。それも、朝から晩まで何度もだ。通常の業務に支障を来すほどで、涼子は困りはてていた。

鷺谷は涼子の身体を弄《もてあそ》んだ挙げ句、旅館まで奪おうとしている。

取り立ては強引で理不尽だが、借金があるのは事実だ。すぐに返済できない以上、涼子も強く出ることができずにいた。

――やり残したことが、あるんじゃない？

早智恵の言葉が心に残っている。

このまま伊豆に帰っていいのだろうか。涼子や麻里はどうなってしまうのだろうか。自分だけ楽な場所に逃げる気がして胸が痛む。せめて自分にできることをやろうと、仲居の仕事に全力を注いできた。

だが、それで旅館の危機を回避できたわけではない。結局のところ自己満足だけで、涼子の手助けにはなっていなかった。

(涼子さん、すみません)

お膳を運んでいる涼子を見やり、心のなかで謝罪する。

なにもできないまま、伊豆に帰ることになる。自分がひどく薄情な気がして、自己嫌悪が湧きあがった。

「なに朝から暗い顔してるんですか？」

ふいに声が聞こえてはっとする。座布団を並べていた三郎が顔をあげると、目の前に麻里が立っていた。

「あっ、おはようございます」

考えごとをしていたため、麻里が来たことにまったく気づかなかった。慌てて挨拶すると、彼女は柔らかい笑みを浮かべた。

「おはようございます。ずいぶん早いですね」

「最後に寝坊をするわけにはいきませんからね。今日は早めに起きました」

意識して明るく振る舞うが、胸の奥には痛みを抱えている。自分の非力さが悔しくてならなかった。

「今日で最後なんですね」

麻里は座布団を並べながら、ぽつりとつぶやいた。

「早かったですね。あっという間でした」

この一か月を思い返して、しみじみと語る。

父親に研修を命じられたときは、いやでたまらなかった。早く終わって伊豆に帰りたかったが、いざ最終日を迎えると淋しさがこみあげている。必死に働いた結果、仲居の仕事にやりがいを覚えていた。

そして、なにより涼子から離れたくない。惚《ほ》れた女性の近くにいたいという気持ちが強かった。

研修期間を延ばすことも考えた。

だが、それには父親の許可がいる。幼いころから父親に頼みごとをしたことは一度もない。気に入らないことを言えば、容赦なく拳骨《げんこつ》を落とすので、いつも顔色をうかがっていた。

（やっぱり、言えないよ……）

思わずため息が漏れる。

研修期間を延ばしたいと言えば、きっと父親は怒り出すだろう。昔のように拳骨を落とすことはさすがになくても、ホテル月島の仕事を放り出すのかと激怒するに決まっている。

（結局、俺なんて……）

胸のうちで自嘲的につぶやいた。

なにもできない自分に苛《いら》立《だ》ち、落胆している。月島豪太郎の息子だから持てはやされていただけで、三郎自身に力があるわけではない。そのことを、この研修でいやというほど思い知らされた。

2

午前十時のチェックアウトが終わり、三郎は客室の掃除をはじめていた。

今はひとりでもこなせるようになっているので、麻里と手分けして作業を行っている。だいぶ手ぎわがよくなり、スピードもアップしていた。

隣の客室に移動しようと廊下に出る。そのとき、どこか遠くで男の怒鳴り声が聞こえた。

（なんだ？）

三郎は思わず立ちどまり、耳を澄ました。

「今、なんか聞こえませんでした？」

別の部屋から麻里が飛び出して、三郎に尋ねる。どうやら、彼女の耳にも聞こえたらしい。

「今日こそ返してもらうぞ」

またしても男の声が聞こえた。

三郎と麻里は顔を見合わせると、無言で廊下を走り出す。急いでいるときはエレベーターの到着を待つより、階段のほうが速い。一気に駆けおりて、本館一階の玄関に向かう。

するると、グレーのスーツを着た鷺谷と、着物姿の涼子が対峙《たいじ》していた。

鷺谷は革靴を履いて玄関に立ち、若い男をふたり従えている。いずれも背が高くてがっしりしており、目つきがやけに鋭い。ひとりは黒のライダースジャケット、もうひとりは青いスタジアムジャンパーという服装だ。

「いつになったら返すんだ」

「必ずお返ししますから、もう少しだけ待ってください」

涼子がそう言って頭をさげる。

もともと契約どおりに返済していたのだから、鷺谷の要求は理不尽きわまりないものだ。それでも、旅館のイメージダウンを懸念して、涼子は強く出ることができずにいた。

「もう、これ以上は待てないって言ってるんだ」

「そこをなんとか……」

「まあ、俺だって鬼じゃない。女将がサービスをしてくれる間は、返済を待ってやってもいいぞ」

鷺谷は自分の悪行を棚にあげて、恩着せがましいことを言う。

この男の言うサービスとは、セックスのことに違いない。またしても、涼子の身体《からだ》を弄ぶつもりだ。どこまで下劣な男なのだろうか。

「女将さん、ダメです」

麻里が駆け寄り、涼子の腕をつかんでさがらせる。

「その男の言いなりになってはいけません」

三郎も大きな声をあげて、涼子の前に立ちはだかった。

「またおまえか」

鷺谷が苛立った声でつぶやき、グッとにらみつける。そして、革靴のまま床にあがると、三郎を脇に押しのけた。

「どけ、おまえに用はない」

「いやです。どきません」

三郎はすぐに鷺谷の前に戻り、涼子をガードする。

「く、靴を脱いでください……か、館内は土足厳禁です」

前回、殴られた恐怖がよみがえり、声が情けなく震えてしまう。それでも、涼子を守りたい気持ちが勝っていた。

「また邪魔をする気か」

鷺谷が凄《すご》むと、恐ろしくて逃げ出したくなる。しかし、必死にこらえて、にらみ返した。

「三郎さん、わたしなら大丈夫です」

背後から涼子の声が聞こえる。

三郎のことを心配して、大丈夫と言っているのだろう。だが、大丈夫なはずがない。なにしろ、身体を要求されているのだ。女将という重責を担っていなければ、冷静でいられるはずがなかった。

「危ないです。お願いですから、やめてください」

「いえ、やめません」

三郎ははじめて涼子に逆らった。

いくら女将の言葉でも従うわけにはいかない。旅館のためではなく、ひとりの男として惚れた女性を守りたい。その思いが恐怖をうわまわり、三郎を突き動かしていた。

「女将、ホテルに行くぞ。部屋を取ってある。今後のことについて、じっくり話し合おうじゃないか」

「い、今は仕事中なので――」

「女将さんは行きません。お帰りください」

三郎は涼子の声を遮り、きっぱり拒絶した。

「なんだと？」

「話だけですむはずがない。絶対に行かせません」

もう二度と涼子に触れさせない。どんなことがあっても、鷺谷から涼子を守るつもりだ。

「おい、おまえら、女将を連れてこい」

鷺谷が若い男ふたりに目配せする。すると、ふたりも土足で床にあがり、三郎に迫ってきた。

「だ、誰ですか？」

あとずさりしそうになるのを懸命にこらえる。そして、目つきの悪い男たちをにらみつけた。

「うちの会社の若い連中だよ。不動産屋ってのは、いろいろ面倒なこともあるんでね。そういうときに、こいつらを連れていくんだ。近くに立たせているだけで、交渉がすんなりまとまるんだ」

「それって、脅してるだけじゃないですか」

「口には気をつけたほうがいいぞ。こいつら、ちょっと血の気が多いんだよ。女将に怪我《けが》をさせたらまずいだろ」

革ジャンの男が、いきなり三郎の顔面を殴る。それとほぼ同時に、もうひとりの男が腹に蹴りを入れた。

「うぐッ……」

左の頬と腹部に痛みがひろがり、たまらず呻き声が漏れる。

しかし、三郎はその場から動かない。奥歯をグッと食いしばり、涼子を守りながら男たちをにらみ返した。

「この野郎っ」

「ぶっ殺すぞっ」

ふたりは怒声を発しながら、さらなる攻撃を加える。殴る蹴るの暴行がはじまり、三郎は両腕で顔をガードして背中をまるめた。

ただでさえ喧嘩《けんか》は苦手なのに、荒っぽい男ふたりが相手では、とてもではないが敵《かな》わない。反撃などできるはずもなく、ただ一方的に殴られつづける。ガードしても隙間から顔面を殴られて、腹に何発も蹴りを受けた。

「ああっ、やめてくださいっ」

涼子が大声で叫んでいる。

「女将さん、行ってはダメですっ」

麻里の必死な声も聞こえた。

どうやら、涼子が助けに入ろうとするのを、とめているらしい。ふたりの男が暴れるなかに飛びこんだら、涼子まで怪我を負ってしまう。

(麻里さん、ありがとうございます)

三郎は殴られながら、心のなかで麻里に礼を言う。

「サブさんは女将さんのことを思って……わかってあげてください」

「でも、このままだと三郎さんが……」

ふたりの会話を聞きながら、三郎は暴力の嵐にさらされつづける。

口のなかに鉄の味がひろがり、鼻っ柱を殴られて涙が溢《あふ》れた。意識が朦朧《もうろう》として、足もとがふらつく。鳩尾《みぞおち》に蹴りが入り、瞬間的に呼吸ができなくなる。ついには前屈《まえかが》みになって、その場にうずくまった。

「ああっ、三郎さんっ」

「サブさんっ」

涼子と麻里が駆け寄り、声をかけてくれる。

しかし、三郎には答える余裕がない。かろうじて意識はあるが、情けなく呻《うめ》くことしかできなかった。

「うぐッ……」

大丈夫だと伝えたいが、どうしても言葉にならない。腫れぼったい瞼《まぶた》をなんとか開くと、涙を流す涼子と麻里の顔が見えた。

「俺に逆らったらどうなるのか、これでわかったな」

鷺谷の勝ち誇った声が聞こえる。

暴力で他人を支配しようとする最低の男だ。こんなやつに負けたくないと思うが、全身が痛くて動けない。

（クソッ、俺が守らなくちゃいけないのに……）

悔しさがこみあげて、鼻の奥がツンとなる。こらえきれない涙が溢れて、よけいに情けなくなった。

「最低ですね」

涼子の抑揚を抑えた声が響きわたる。

涙で頬を濡《ぬ》らしているが、瞳の奥には怒りの炎が揺らめいていた。理不尽な暴力には屈しない意志の強さが感じられた。

「これ以上、ひどいことをしたら警察に通報します」

きっぱりした声だった。涼子の本気が伝わってくるが、鷺谷は余裕たっぷりにニヤニヤ笑っている。

「おいおい、この状況を理解していないのか。警察ざたになれば、旅館の評判はガタ落ちだぞ。それでもいいなら――」

「状況を理解していないのは、あなたのほうです」

涼子は一歩も引く気配がない。それどころか、眼光鋭く鷺谷と若い男ふたりをにらみつけた。

「先ほどの様子は、防犯カメラに映っているはずです。警察に提出してもいいんですよ」

涼子の言葉を聞いて、全員が周囲を見まわした。

玄関の天井の隅に、防犯カメラが設置されている。これまで気にとめたことはなかったが、しっかり録画されていたらしい。

「旅館がどうなってもいいのか。どっちが悪いかなんて関係ない。わざわざトラブルがあった宿に泊まる客なんていないぞ」

鷺谷が焦った様子でまくし立てる。涼子の本気が伝わり、なんとか形勢を逆転しようと必死になっていた。

「今後いっさい、あなたに従うつもりはありません」

「まさか、借金を踏み倒すつもりじゃないだろうな」

「お金はお返しいたします。ただし、契約書には従っていただきます」

涼子の覚悟は決まっているらしい。

本来の契約では、低金利での返済になっていた。それを鷺谷が反故《ほご》にして、一括での返済を迫っていたのだ。そして、涼子の弱みにつけこみ、熟れた肉体を要求した。

旅館の評判を落としたくない一心で、涼子は理不尽な要求に従ってきた。夫が残した大切な旅館と、従業員たちの生活を守るためだった。しかし、戦う決意を固めたらしい。涼子の瞳には強い光が宿っていた。

「こ、この野郎……」

鷺谷が怯《ひる》んであとずさりする。

警察ざたになれば、鷺谷もただではすまない。鷺谷不動産はとかく黒い噂《うわさ》がつきまとっている。警察の捜査が入れば、数々の悪行が芋づる式に暴かれるのは間違いなかった。

「おい、引きあげるぞ」

鷺谷が若い連中に声をかける。そして、憎々しげに舌打ちをして、その場から立ち去った。

「三郎さん、大丈夫ですか」

鷺谷たちを追い返すと、涼子はすぐさま三郎の顔をのぞきこんだ。

「す、すみません……お、俺、なんにもできなくて……」

なんとか、かすれた声で謝罪する。

両目が腫れあがっており、瞼が重たく感じる。なんとか薄目を開けて、涼子の顔を見つめていた。

「そんなことありません。こんな大怪我をするほど、がんばってくれたじゃないですか」

涼子がこらえきれない嗚咽《おえつ》を漏らす。真珠のような涙がポタポタと落ちて、三郎の頬を濡らした。

「お、女将さんを泣かせるなんて……俺、最後までダメなやつだったな」

自嘲的につぶやき、乾いた声で「ははっ」と笑う。

涼子は首を左右に振って否定してくれるが、同情されているようで恥ずかしくなった。

「麻里ちゃん、氷とタオルを用意してください」

「はいっ、すぐに持ってきます」

麻里が急いで厨房《ちゅうぼう》に向かう。彼女の顔も涙でグショグショになっていた。

「三郎さん、立てますか。とりあえず、大広間で横になりましょう」

「す、すみません……」

涼子に手伝ってもらって立ちあがる。全身に痛みが走るが、彼女の肩を借りて、なんとか歩いた。

「女将さん、すごく格好よかったです。俺も、最後くらいは格好つけたかったんだけどな……」

しゃべると腫れた顔が痛む。だが、黙っていると情けなさと恥ずかしさに、押しつぶされそうだった。

「三郎さんはわたしを守ってくださいました。だから、わたしも勇気が出たんです。すごく格好よかったです」

涼子の言葉が胸に染みわたる。

しかし、結局のところ、なにもできなかったのも事実だ。今日は引きさがったが、鷺谷がこのままおとなしくしているとは思えない。新たな手段で、凉子を脅すのではないか。

考えると不安がこみあげる。それなのに、三郎は明日、伊豆に帰らなければならない。申しわけない気持ちで胸が苦しくなり、凉子の顔をまともに見ることができなかった。

3

翌朝、午前十時すぎ、三郎は温泉旅館あまみやの玄関に立っていた。

客のチェックアウトが終わったタイミングだ。仕事中のみんなに迷惑をかけないように、静かに立ち去るつもりだった。

ところが、凉子と麻里はもちろん、ほかの仲居や厨房の人たちまで集まっている。一か月の研修期間でお世話になった人たちが、三郎を見送るために、忙しい合間に見送りに来てくれた。

「みなさん、短い間でしたが、お世話になりました」

顔面はまだ腫れており、目の下には青痣《あおあざ》ができている。口を開くとあちこち痛むが、それより感謝の気持ちを伝えたかった。

「ここでの経験はとても貴重で、これからの人生にきっと役に立つはずです。伊豆に帰ってからも……ときどき、思い出して……」

しゃべっているうちに熱い思いがこみあげる。危うく涙ぐみそうになり、懸命にこらえた。

涼子と麻里の目にも涙が浮かんでいる。ふたりの顔を見たことで、なおさらこみあげてくるものがあった。

「とにかく、ありがとうございました！」

口を開くともらい泣きしそうで、慌てて挨拶を打ちきった。

「三郎さん、いつでも遊びに来てくださいね」

「サブさん、お元気で」

涼子と麻里が声をかけてくれる。ふたりと握手をすると、ついにこらえきれなくなって涙が溢れた。

「なに泣いてるんですか」

麻里にからかわれるが、彼女自身も泣いている。ほかのみんなも笑いながら泣いていた。

「お身体、大切になさってくださいね」

涼子が声をかけてくれる。

「はい、女将さんも……」

三郎は無理をして微笑《ほほえ》み、大きく頷《うなず》いた。

想《おも》いを伝えたいが、溢れそうになる気持ちを抑えこむ。彼女を守れなかった自分に、愛を語る資格はない気がした。

「そろそろ行きます。また、いつか……さようなら」

三郎は背中を向けて歩き出す。

雪が積もっているので、キャリーバッグを引くことはできない。手で持ちあげて、滑らないように慎重に歩を進める。

一か月前、ここに来た日のことを思い出す。いやでたまらなかったのに、今は帰りたくなくて泣いている。まさか、これほどまでに心境の変化があると思わなかった。

背中にみんなの視線を感じる。三郎は振り返りたい気持ちをこらえて、雪の積もった庭園の間をまっすぐ進んでいく。

人生には必ず転機がある。勇気を出して、新たな一歩を踏み出さなければならないときが来る。三郎にとって、今がまさにそのときなのではないか。

雪を踏みしめながら、前を向いて歩いていく。熱い想いを胸に秘めて、三郎は明日だけを見つめていた。

4

年が明けて、早いもので一か月がすぎようとしている。

三郎は再び北の大地に降り立った。新千歳《ちとせ》空港から電車に乗り、小樽築港駅で下車してバスに乗る。タクシー代は持っているが、あえて前回と同じように路線バスを選んだ。

車窓を流れる景色は、一か月前とはだいぶ変わっている。あれから雪がだいぶ降ったのだろう。道路の脇には雪山ができており、車道が狭くなっている。車同士がすれ違うのも大変そうだ。

バス停で下車すると、冷たい空気が全身を包みこむ。気温は低いが、覚悟していたので大丈夫だ。天気がいいので、雪が眩《まばゆ》く光っている。この目を刺すような感じが懐かしい。

キャリーケースを右手にぶらさげて、雪の感触を楽しみながら歩き出す。一歩踏みしめるごとに、確実にあの人のもとに近づいていた。

やがて温泉旅館あまみやが見えてくる。

前回とはまるで心境が違う。胸にこみあげるものがあり、ついつい歩調が速くなった。

庭園のなかに伸びる道を進み、本館の前に到着する。いったん立ちどまり、深呼吸をして気持ちを落ち着かせると、引き戸をゆっくり開いた。

「いらっしゃいませ」

すぐにフロントから女性が姿を見せる。

涼子に間違いない。黒髪をきっちり結いあげて、クリーム色の地に花々が描かれた着物に身を包んでいる。会いたくて会いたくて仕方なかった涼子が、今、目の前に立っていた。

「さ、三郎さん……」

三郎の顔を見て、涼子が立ちつくす。両手で自分の口を覆うと、見るみる涙ぐんだ。

「女将さん……お久しぶりです」

三郎の胸にもこみあげるものがある。

今日、来ることは事前に伝えてあった。しかし、いざ顔を合わせると、互いにさまざまな感情がこみあげる。

会えない一か月の間にいろいろあった。

三郎は伊豆に帰ったその日から、さっそく動きはじめた。まず月島グループの本部に出向き、父親の豪太郎に研修終了の報告をした。しかし、豪太郎は研修のことより、三郎の腫れあがった顔について説明を求めた。

「その顔はどうした。まさか、研修に行って喧嘩をしてきたのか」

厳格な豪太郎の顔に怪訝《けげん》な表情が浮かんだ。

「じつは――」

三郎は温泉旅館あまみやでの出来事を、できるだけ詳細に説明した。そのうえで、こうしている今も危機的状況にあることを伝えた。

「そうか、話はわかった」

「あの、それで――」

このままでは話が終わってしまう。三郎は思いきって切り出した。

「なんとかならないでしょうか」

そのひと言を口にするだけで、全身の毛穴から汗がどっと噴き出す。

これまで父親に意見したことなど一度もない。まっすぐ目を見つめられて、緊張が走った。

「それで、おまえはどうしたいと思っているんだ」

「は、はい……あまみやの借金を肩代わりして、月島グループの傘下に入れるのはどうかと思っております」

密《ひそ》かに練っていた案を伝える。

借金さえ払ってしまえば、鷺谷が涼子に手を出すことはできなくなる。温泉旅館あまみやも、経営を継続することができるだろう。しかし、ただで借金を肩代わりすることなどできるはずもない。そこで、月島グループに迎え入れて、北海道進出の足がかりにすることを考えた。

「ふむ……勝算はあるのか」

豪太郎はむずかしい顔をして黙りこんだが、しばらくして口を開いた。

「そ、それは……いい旅館だと思いました」

「おまえの個人の感想など、どうでもいい。今現在、借金の返済に苦しんでいるのに、グループ傘下に入れて採算は取れるのかと聞いておる」

豪太郎が言うことはもっともだ。

なにしろ、月島グループの創業者だ。たった一代で日本を代表するリゾート企業を作り上げた自負がある。経営のことに関しては誰よりも厳しい。一時の感情に流されることは、まずなかった。

「借金さえなければ、とりあえず黒字は出せます。なにより、女将さんの人柄がいいんです。従業員たちをまとめる人望があります」

三郎は汗だくになりながら必死に話した。

いつ逆鱗《げきりん》に触れるかわからない。父親に対して、自ら提案をするのは人生ではじめてだ。納得できなければ、怒り出す可能性もあった。

「人望で飯が食えれば苦労はしない」

腕組みをした豪太郎が苦々しげにつぶやいた。

「その女将の人望とやらに、おまえもやられたわけか」

呆《あき》れたように言われて焦ってしまう。このままでは、涼子を助けることができない。

「わ、わたしは、旅館も鷺谷に奪われてしまうかもしれない。女将さんだけではなくて、旅館の雰囲気が——」

「もうよい」

豪太郎のひと言で、三郎はなにも言えなくなってしまう。これ以上、粘ったところで父親の気持ちを変えることはできないだろう。

「この件はおまえにまかせる」

「は、はい……」

返事をしてから、一拍置いて首を傾《かし》げる。おまえにまかせるとは、いったいどういう意味だろうか。

「おまえが温泉旅館あまみやと交渉するんだ」

「えっ、お、俺が……いや、わたしがですか？」

「おまえが言い出したことだろう。最後まで責任を持て」

豪太郎は眉ひとつ動かさずに命じる。

「は、はい」

「それと、交渉が成立した場合、あまみやに月島グループの人間を派遣しなければならない。三郎、おまえが行ってこい」

豪太郎の言葉に驚かされる。

自分が派遣されるとは、まったく予想していなかった。父親の真意がわからず、三郎は思わず見つめ返した。

「おまえがそこまで言うんだ。よほど見所のある宿なんだろう」

豪太郎はいつになく、やさしげな表情を浮かべている。父親のそんな顔を見るのは、これがはじめてだった。

「ただし、しばらく帰ってくることはできないぞ。しっかりやってこい」

「はいっ、ありがとうございます」

三郎は姿勢を正して頭をさげた。

まさか父親とこんな会話をする日が来ると思わなかった。豪太郎は月島グループの創業者で、父親というより、大会社の社長という印象のほうが強い。仕事で忙しく、家にいることも少なかった。

しかも優秀なふたりの兄がいて、自分は相手にされていないと思っていた。そんな鬱屈としたものが、すべて払拭された気がした。

翌日から三郎は、温泉旅館あまみやとの交渉に入った。電話やメールで涼子とやり取りをして、検討を重ねた。そして、借金の肩代わりと、月島グループ傘下に入る契約を交わした。

鷺谷とは完全に手が切れて、涼子はようやく自由の身になった。

「このたびは、誠にありがとうございます」

涼子があらたまった様子で頭をさげる。

女将として、旅館を守れたことがうれしいのだろう。三郎もようやく涼子を助けることができて、ほっとしていた。

「こちらこそ、契約していただき、ありがとうございます」

三郎も丁寧に頭をさげる。

「またお世話になります。よろしくお願いします」

これから仲居として働くことになっている。

涼子は事務員を提案してくれたが、三郎が断った。まだ仲居として覚えなければならないことがたくさんある。ほかの仕事をするにしても、当分、先のことになるだろう。

「あっ、サブさん、お帰りなさい」

そこに麻里が現れた。

臙脂《えんじ》色の作務衣《さむえ》に身を包み、満面の笑みを浮かべている。こうして笑顔で再会できたことが、なによりうれしい。

「帰ってきました。またお仕事教えてください」

三郎が語りかけると、麻里は涙ぐんで何度も頷いた。

「女将さん、今日はもうあがってください」

「どうして？」

「三郎さんと、いろいろお話があるでしょう。そう思って、部屋を用意してあります。女将さん、ずっと休みがなかったじゃないですか。あとのことはわたしたちにまかせて、たまにはゆっくり休んでください」

どうやら、麻里は気を遣って部屋を確保していたらしい。さすがに混んでいたらそうはいかないが、平日なので余裕があったという。

「ふたりきりで、積もる話があるんじゃないですか」

「ま、麻里ちゃん、なにを言ってるの？」

「もう、焦《じ》れったいですね。サブさん、女将さんを連れていってください」

そう言って、麻里から部屋の鍵を渡された。

「麻里さん、ありがとうございます」

この際なので麻里の厚意に甘えることにする。三郎は涼子の手を握ると、廊下を歩きはじめた。

「さ、三郎さん……」

「たまにはいいじゃないですか。俺は女将さんと……涼子さんとふたりきりで過ごしたいです」

思いきって名前で呼ぶと、涼子は顔をまっ赤に染めあげる。そして、恥ずかしげにうつむき、おとなしく歩き出した。

5

「涼子さん……」

客室に入るなり、三郎は涼子を抱きしめた。

まだ愛の告白すらしていないが、溢れる想いを我慢できない。この一か月、涼子のことだけを考えていた。こうして会えたことで、彼女への気持ちを抑えられなくなっていた。

「好きです。俺、涼子さんのことが大好きです」

「さ、三郎さん……」

涼子が困惑した表情で見あげる。

「わたし、七つも年上なのよ」

「俺は気になりません。涼子さんは気になるんですか？」

瞳を見つめて語りかける。すると、涼子は首を小さく左右に振った。

「三郎さんが受け入れてくれるなら……」

その返事を聞いて、愛《いと》おしさがこみあげる。三郎は吸い寄せられるように唇を重ねていた。

「ンっ……」

涼子は顔を上向かせて、口づけに応じてくれる。

舌を伸ばして挿し入れると、涼子は遠慮がちに舌をからませる。自然とディープキスになり、ふたりは舌をねちっこく擦り合わせた。

「はンっ……はンンっ」

鼻にかかった声を漏らして、涼子が腰を微《かす》かにくねらせる。着物のなかで内腿《うちもも》を擦り合わせているのか、下肢がもぞもぞと動いていた。

もしかしたら、キスをしたことで興奮しているのかもしれない。三郎も彼女の甘い唾液を味わったことで、気持ちが高揚している。すでにペニスが頭をもたげて、スラックスの前がふくらんでいた。

「涼子さんとひとつになりたいです」

唇を離すと、ストレートな言葉を投げかける。

気持ちは昂《たかぶ》る一方で、ペニスはどこまでも硬くなっていく。一刻も早く彼女のなかに入りたい。そして、思いきり腰を振り合いたかった。

「三郎さんったら……でも、わたしも……」

涼子は恥じらいながらも、こっくり頷いてくれる。

ふたりの気持ちは同じだということを確認して、三郎は押し入れに向かう。仲居として働いていたので、布団のあげおろしはお手のものだ。あっという間にシーツを皺《しわ》ひとつない状態で張り、布団を敷き終わった。

涼子に向き直り、着物を脱がそうとする。ところが、帯のほどき方がわからない。焦っていると、涼子が自分で脱ぎはじめた。

三郎もスーツを脱ぎながら、彼女が裸になっていく様子を見つめる。帯をほどいて着物を脱ぎ、白い長襦袢《ながじゅばん》を足もとにすっと落とす。着物のなかに下着はつけていなかった。

これで涼子が身に纏《まと》っているのは白い足袋《たび》だけだ。

奇跡のように美しい女体が露《あらわ》になっている。乳房はたっぷりしており、いかにも柔らかそうだ。ふくらみの頂点には桜色の乳首が鎮座している。興奮度合いを示すように、ぷっくりふくらんでいた。

腰は細く締まっており、尻には適度な脂が乗っている。股間を彩る陰毛は、きれいな逆三角形だ。手入れをしたわけではなく、自然の状態でその形になっているらしい。

「きれいです……」

三郎はほとんど無意識のうちにつぶやいた。

夢にまで見た愛しい女性の身体が、手を伸ばせば届く場所にある。夢なら冷めないでくれと本気で願う。

「そんなに見られたら、恥ずかしいです」

涼子は視線を落として、腰をくねらせる。

羞恥にまみれた姿も愛らしい。こうなることを夢見ていたが、現実になるとは信じられない。かつて経験したことのない興奮がこみあげる。剝《む》き出しになった肉棒は、これでもかといきり勃《た》っていた。

「涼子さんっ」

神々しい女体を抱きしめると、首スジに顔を埋める。

髪を結いあげているため、白い肌が剝き出しだ。ついばむようなキスの雨を降らせると、女体が敏感そうにヒクヒク震えた。

「あンっ……三郎さん」

涼子が名前を呼んでくれるだけで、ますます昂《たかぶ》っていく。

女体を布団の上に横たえると、首スジから乳房へ唇を滑らせる。双つのふくらみをゆったり揉《も》みあげながら、先端で揺れる桜色の蕾《つぼみ》を口に含んだ。舌をねちっこく這《は》いまわらせれば、女体がたまらなそうにくねりはじめる。

「あっ……あっ……」

切れぎれの喘《あえ》ぎ声が、三郎に勇気を与えてくれる。双つの乳首をじっくりしゃぶり、唾液を塗りつけては舌先で弾《はじ》いた。

唇を下半身へと滑らせる。臍《へそ》の穴をくすぐり、さらに陰毛ごと恥丘を舐《な》めまわす。恥ずかしげに閉じていた膝が緩んだ隙に、すかさず足をひろげて女の割れ目を剥き出しにする。

「こ、これが、涼子さんの……」

「ああっ……」

三郎の唸《うな》り声と涼子の羞恥の声が重なった。

サーモンピンクの鮮やかな陰唇が牡《おす》の興奮を誘う。二枚の花弁はグッショリ濡れており、物欲しげに蠢《うごめ》いている。涼子も興奮しているのは間違いない。割れ目から華蜜がジクジク湧き出していた。

「おおおッ」

三郎は股間に顔を埋めて、濡れそぼった割れ目を舐めあげる。

「ああッ、そ、そんなところ……」

涼子が抗議の声を漏らすが、構わずに舌を這いまわらせる。

甘酸っぱい華蜜をすすりあげては、喉を鳴らして飲みくだす。花弁を一枚ずつ口に含み、執拗《しつよう》に舐めまわした。

「も、もう……ああッ、三郎さん、お願いです」

興奮を抑えられなくなっているのだろう。あの涼子が腰をよじって、三郎を求めている。

「俺も、もう……」

三郎は涼子に折り重なると、勃起したペニスの先端を膣口《ちつこう》に押し当てた。そのまま体重を浴びせるようにして、亀頭を沈みこませる。

「はあああッ、お、大きいっ」

二枚の陰唇を巻きこみながら、肉棒がどんどん埋まっていく。涼子は身体を仰《の》け反《ぞ》らせて、甘い声を振りまいた。

「ああッ、三郎さんっ、あああッ」

「涼子さんとひとつに……」

快感とともに感動が押し寄せる。

ペニスは根元まで膣のなかに入りこみ、熱い媚肉《びにく》に包まれている。蕩《とろ》けそうな快感がひろがり、自然と腰が動きはじめた。

「ああッ、い、いい……ああッ」

涼子が喘いでくれるから、三郎のピストンはスピードを増していく。腰をグイグイ送りこんで、男根を力強く出し入れする。膣道がうねり、太幹を猛烈に締めつけた。

「くううッ、す、すごいっ」

唸りながら腰を振る。膣の感触に誘われて、亀頭を深い場所まで送りこむ。ペニスの先端で子宮口をたたき、カリで膣壁を擦りあげる。奥から華蜜がどんど溢れて、男根の動きがよりスムーズになっていく。

「はああッ、い、いいっ、気持ちいいですっ」

涼子が快感を訴えながら、三郎のピストンに合わせて股間をしゃくる。ふたりの動きが一致することで、凄《すさ》まじい愉悦の大波が押し寄せた。

「ううッ、も、もうっ、おおおッ」

最後の瞬間が近づいている。急激に快感が大きくなり、もう、これ以上は我慢できそうにない。射精欲にまかせて、腰を激しく振り立てた。

「ああッ、いいっ、あああああッ」

白い足袋を穿《は》いた涼子の足が跳ねあがり、つま先までピンッと伸びきった。

「涼子さんっ、俺、もうっ」

「はああッ、も、もうっ、ああああッ」

涼子の切羽つまった喘ぎ声が引き金となり、ついにペニスが脈動する。膣の奥深くで暴れまわり、精液が勢いよく噴きあがった。

「おおおおッ、き、気持ちいいっ、くおおおおおおおッ!」

「あああッ、い、いいっ、わたしも、あああッ、はあああああッ!」

三郎が射精すると同時に、涼子もよがり泣きを響かせる。女体が激しく痙攣《けいれん》して、ペニスを思いきり締めつけた。

ふたりは絶頂に達しながら、きつく抱き合って口づけを交わす。舌をからめて互いの唾液を味わうことで、快感はより深いものに変化した。

これからはいつでも会うことができる。

いっしょに働いて、温泉旅館あまみやを盛りあげていく。そして、仕事のできる男になってから、涼子に永遠の愛を誓うつもりだ。まだまだこれからだが、三郎のなかで甘えはなくなった。

（涼子さん、待っていてください。必ず立派な男になります）

心のなかで語りかけると、満足げに目を閉じている涼子を抱きしめる。

「三郎さん……好きです」

うわごとのように涼子がつぶやく。その瞬間、涙が溢れそうな多幸感が、胸いっぱいにひろがった。

本書は書き下ろしです。

実業之日本社文庫　最新刊

実業之日本社文庫　最新刊

西澤保彦
逢魔が刻　腕貫探偵リブート

喪主が殺人、連続不審死、留学生監禁……この街は謎と殺しが多すぎる!? 腕貫さん顔負けの推理で、女子大生ユリエが辿り着いた真相は!?（解説・浜崎広江）

に2 10

葉月奏太
癒しの湯　未亡人女将のおきづかい

社長の三男・月島三郎は、温泉旅館に修業へ。旅館の女将は気品に溢れ、仲居は天真爛漫。ある日、悪徳不動産屋の男がやってきて……。温泉官能の新傑作！

は6 14

遠藤崇寿・遠藤展子　監修
藤沢周平「人はどう生きるか」

人生の大事なときにこそ読む――心に届く言葉がきっとある。養老孟司、山田洋次、井上ひさし…藤沢文学をこよなく愛する各界著名人による至極の読書案内。

ふ2 2

南　英男
毒蜜　天敵　決定版

赤坂で起きた銃殺事件。裏社会の始末屋・多門剛が拳銃入手ルートを探ると、外国の秘密組織と政治家たちを狙う暗殺集団の影。因縁の女スナイパーも現れて…。

み7 27

吉田雄亮
北町奉行所前腰掛け茶屋　迷い恋

捨て子の親は、今どこに？　茶屋の裏手から赤子の泣き声が。自ら子守役を買って出た弥兵衛だが、息子の紀一郎には赤子に関わる隠し事があるようで……。

よ5 11

実業之日本社文庫 は6 14

癒《いや》しの湯《ゆ》 未《み》亡人《ぼうじん》女将《おかみ》のおきづかい

2022年12月15日　初版第1刷発行

著　者　葉月奏太《はづきそうた》

発行者　岩野裕一
発行所　株式会社実業之日本社
〒107-0062　東京都港区南青山5-4-30
emergence aoyama complex 3F
電話［編集］03(6809)0473［販売］03(6809)0495
ホームページ　https://www.j-n.co.jp/
DTP　ラッシュ
印刷所　大日本印刷株式会社
製本所　大日本印刷株式会社

フォーマットデザイン　鈴木正道（Suzuki Design）

ISBN978-4-408-55777-9（第二文芸）